Gesund leben - krank dabei werden

Der Gesundheits- und Fitness-Wahnsinn

AF190585

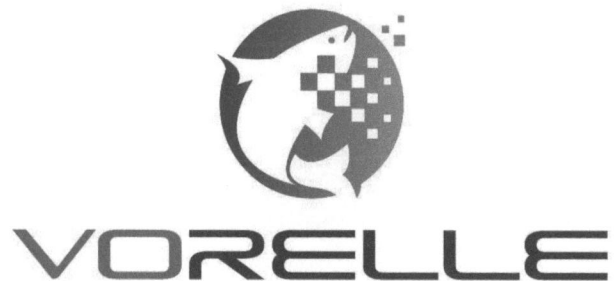

Vorwort:

Von der Couch zum Kalorienzähler – Oder wie ich lernte, die Gesundheit zu fürchten

Gestatten Sie (ach, Verzeihung, jetzt sind wir ja beim **Du**!), dass ich mich vorstelle: Mein Name ist **Volkmar Friedrich Relle**. Jahrgang '59, also gerade mal 66 Lenze jung, mit denen – wie der unsterbliche Udo Jürgens wusste – das Leben erst so richtig anfängt. Beruflich bin ich offiziell Rentner, aber um nicht einzurosten und weil ich nun mal gerne unter Leute komme, arbeite ich in Nebentätigkeit als Masseur in einem 4-Sterne Wellnesshotel hier im lieblichen Bayerischen Wald.

Ja, du hast richtig gehört: Masseur. Ich bin quasi der Mann für die Verspannungen, der stille Beobachter all jener, die sich mit Haut und Haar dem modernen Gesundheitsideal verschrieben haben. Und ich sage dir: Manchmal fühle ich mich wie ein Anthropologe, der eine fremde Spezies studiert – nur dass diese Spezies wir selbst sind, gefangen im immer dichter werdenden Dschungel der angeblichen „Wohlfühl-Vorschriften".

Der Fluch der Fitness-Gurus und Ernährungs-Evangelisten: Wie der Wunsch nach Gesundheit zum Zwang wird

Du kennst das vielleicht: Kaum schlägt man eine Zeitschrift auf oder scrollt durchs Internet, da springen sie einen an, die **Gurus und Evangelisten der gesunden Lebensweise.** Mit strahlenden Zähnen und makellosen Körpern verkünden sie die neueste Wahrheit über Detox-Kuren, Intervallfasten oder die einzig wahre Art, den perfekt definierten Bizeps zu züchten. Früher haben uns Priester die Hölle heißgemacht, wenn wir gesündigt haben. Heute sind es die Lifestyle-Coaches, die uns einreden, wir würden direkt in die Zivilisationskrankheiten schlittern, wenn wir nicht dreimal die Woche im Morgengrauen eine Stunde im Wald meditieren und dazu noch Quinoa statt Kartoffeln essen.

Der Wunsch, gesund zu sein, ist ja an sich löblich. Wer will schon mit 50 schon aussehen wie eine Rosine und sich fühlen wie ein altes Sofa? Aber irgendwann kippt dieser Wunsch. Er mutiert zu einem **Zwang,** einer Art religiösem Eifer, bei dem jede Pizza zur Todsünde und jeder freie Abend auf dem Sofa zu einem Vergehen gegen das persönliche Wohlbefinden wird. Es ist, als würde man versuchen, mit einem Löffel einen Berg abzutragen, nur um dann festzustellen, dass man vor lauter Schaufeln einen Bandscheibenvorfall hat. Man investiert so viel Energie in das „Gesundsein", dass man am Ende erschöpfter ist als vorher. Ein Paradoxon, das selbst den weisesten Philosophen in den Wahnsinn treiben würde.

Definition von "krank dabei werden": Von körperlichen Beschwerden durch Übertreibung bis hin zu psychischem Druck und Orthorexie

Und genau hier setzt mein kleines Buch an: bei der Erkenntnis, dass wir eben **„krank dabei werden"**, während wir verzweifelt versuchen, „gesund zu leben". Das fängt ganz harmlos an: Eine kleine Diät hier, ein bisschen mehr Sport da. Doch die Spirale dreht sich schnell. Aus dem lockeren Joggen wird der Zwang zum Marathon, der im Zweifelsfall mit schmerzenden Gelenken oder gar einem Ermüdungsbruch endet. Aus dem bewussten Essen wird eine **Obsession**, bei der jeder Bissen abgewogen, jede Zutat analysiert wird. Man verliert die Freude am Essen und entwickelt eine regelrechte Phobie vor allem, was „ungesund" sein könnte. Das ist dann keine gesunde Ernährung mehr, sondern schlichtweg **Orthorexie** – eine Essstörung, die sich hinter dem Mantel des „Gesundheitsbewusstseins" versteckt.

Aber es sind nicht nur die körperlichen Zipperlein. Viel häufiger ist es der **psychische Druck**. Der ständige Vergleich mit den perfekten Körpern auf Instagram, das schlechte Gewissen, wenn man mal nicht ins Fitnessstudio geht, die soziale Isolation, weil man auf keiner Grillparty mehr ein Würstchen anfassen mag. Das ist keine Gesundheit, das ist ein

Gefängnis, dessen Gitterstäbe aus Kalorien, Schritten und makellosen Körpern bestehen. Man fühlt sich, als würde man in einem Hamsterrad laufen – man rennt und rennt, aber kommt am Ende nicht vom Fleck, sondern ist nur außer Atem und mit einem mulmigen Gefühl im Bauch.

Der rote Faden des Humors: Wie Ironie und Sarkasmus helfen, den Wahnsinn zu entlarven

Nun, du ahnst es schon: Dieses Buch ist keine weitere Anleitung zum perfekten Leben. Dafür gibt es schon genug Prediger. Nein, meine Mission ist eine andere. Ich lade dich ein, gemeinsam mit mir den **humoristischen, manchmal auch galligen Blick** auf all diese Dinge zu werfen. Mit einer gehörigen Portion **Ironie** und einem Augenzwinkern möchte ich diesen Gesundheitswahnsinn entlarven. Denn seien wir ehrlich: Was wäre das Leben ohne ein bisschen Schokolade, ohne das gelegentliche Faulenzen auf dem Sofa oder ohne die Erkenntnis, dass Perfektion sowieso langweilig ist?

Ich nehme mich da selbst nicht aus. Auch ich, Volkmar Friedrich Relle, bin kein Übermensch. Auch ich habe schon versucht, meinen Speckröllchen mit obskuren Kuren den Garaus zu machen, oder mich mit dem Gedanken gequält, ob mein täglicher Spaziergang durch den Wald auch wirklich ausreicht, um meine Herz-Kreislauf-Gesundheit auf Trab zu halten. Die Versuchung ist groß, in den Kaninchenbau der Gesundheits-Evangelisten zu springen. Doch wie sagte schon meine kluge Oma: „Lachen ist die beste Medizin, außer man hat Cholera. Dann ist Penicillin besser." Aber keine Sorge, von Cholera wird hier nicht die Rede sein. Höchstens von einem leichten Zuckerschock.

Also, schnall dich an. Lehn dich zurück. Vielleicht mit einem guten Kaffee, einem Stück Kuchen – wer weiß, vielleicht sogar einem, der Zucker enthält! Und begleite mich auf dieser Reise durch die Absurditäten unserer modernen Gesundheitsgesellschaft. Ich verspreche dir: Wir werden nicht gesünder dabei. Aber wir werden hoffentlich viel zu lachen haben. Und das, mein lieber Leser, ist bekanntlich die beste Medizin.

Inhaltsverzeichnis

Der Diät-Wahnsinn –
Wenn Essen zur Wissenschaft wird

Lieber Leser, hast du dich jemals gefragt, warum das Essen, das uns früher einfach nur satt und glücklich machte, heute zu einem regelrechten Schlachtfeld geworden ist? Früher war ein Teller Spaghetti Bolognese eine Freude, ein Akt der puren Gaumenlust. Heute ist er ein komplexes Rechenexempel aus Kohlenhydraten, Proteinen, Fetten, Ballaststoffen und – Gott bewahre – einem Quäntchen "leerer Kalorien". Man fühlt sich, als müsste man ein Physikstudium absolvieren, nur um sein Mittagessen zu verdauen. Die moderne Ernährungswissenschaft hat uns nämlich eines beigebracht: Essen ist keine Kunst mehr, sondern eine hochkomplexe Wissenschaft. Und wie jede Wissenschaft hat sie ihre Dogmen, ihre Gläubigen und ihre Ungläubigen – nur dass hier die Ungläubigen mit Bauchspeck und schlechtem Gewissen bestraft werden.

Kalorien zählen bis zum Kontrollverlust:
Die Obsession mit Zahlen und Apps, die mehr Stress als Abnahme bringt

Ich weiß noch, wie meine Großmutter kochte. Da wurde nicht gewogen, nicht gemessen. Da wurde nach Gefühl gewürzt und gekocht, bis der Topf leer war und die Familie satt. Eine Kalorie war höchstens ein lustiges Wort, das man vielleicht mal im Radio hörte. Heute? Heute ist die Kalorie der Urfeind schlechthin. Sie ist der Dämon, der sich in jedem noch so unschuldigen Stück Brot versteckt und nur darauf wartet, sich an unseren Hüften festzusetzen.

Du kannst es dir vorstellen, oder? Man sitzt da, das Smartphone in der Hand, und tippt verzweifelt jedes Reiskorn ein, das man gerade zu sich genommen hat. "Apples iTrack-My-Shame" oder "MyFitness-Panic", so könnten diese kleinen Peiniger heißen. Man gibt sein Alter ein, sein Gewicht, seine angeblichen Traummaße – und schon spuckt der Algorithmus die tägliche Kalorienobergrenze aus. Eine Zahl, die fortan dein Leben bestimmt. Dein persönlicher Gral, den du bloß nicht überschreiten darfst.

Ich hatte mal einen Klienten bei mir im Hotel, der hatte so eine App. Ein gestresster Vertriebsleiter, schätze ich. Der erzählte mir, er habe neulich eine halbe Scheibe Toast zum Frühstück gegessen. Eine halbe Scheibe! Und er stand da, bleich wie ein Gespenst, und sagte: "Volkmar, ich glaube, ich habe heute schon 47 Kalorien zu viel gegessen! Das ist doch Wahnsinn, oder?" Ich musste mich beherrschen, nicht zu fragen, ob er die Toastscheibe auch mit dem Mikrometer vermessen hatte. Was soll man dazu sagen? Das ist keine Diät mehr, das ist buchhalterische Askese. Man wird zum Sklaven einer Zahl, und das Schlimmste ist: Man fühlt sich dabei auch noch moralisch überlegen, während man heimlich vom Stück Kuchen auf dem Nebentisch träumt, das man sich selbstverständlich strengstens verbietet. Es ist wie im Märchen vom tapferen Schneiderlein, nur dass wir uns hier nicht mit sieben auf einen Streich, sondern mit sieben Kalorien auf ein Gramm Fett herumschlagen. Ein Kampf, den man auf Dauer nur verlieren kann – entweder gegen die Kilos oder gegen den eigenen Verstand.

Die große Kohlenhydrat-Lüge:
Von Atkins bis Keto – wie ganze Lebensmittelgruppen verteufelt werden

Und dann kam sie, die große Revolution! Plötzlich waren es nicht mehr die Kalorien allein, die uns das Leben schwer machten. Nein, es waren die Kohlenhydrate! Diese hinterhältigen Energielieferanten, die sich scheinbar harmlos in Brot, Nudeln und Kartoffeln verstecken, um uns dann heimtückisch in die Fänge des Insulinspiegels zu treiben. Erinnerst du dich noch an die Atkins-Diät? Plötzlich war alles erlaubt, was Tier war und schwamm, rannte oder flog. Speck zum Frühstück, Steak zum Mittag, Käse zum Abendbrot. Hauptsache, keine Nudeln! Man fühlte sich wie ein Höhlenmensch, der gerade eine Mammutjagd hinter sich hatte. Und der Atem? Nun ja, der roch dann auch dementsprechend, als hätte man gerade ein totes Tier im Mund konserviert.

Heute ist es die Keto-Diät. Der neue Heilsbringer! Man isst so viel Fett, bis der Körper, völlig verwirrt, anfängt, seine eigenen Fettreserven zu verbrennen. Das klingt ja auf den ersten Blick verlockend, nicht wahr? Viel Speck essen und dabei abnehmen! Aber versuch mal, auf einer Geburtstagsfeier zu erklären, warum du den köstlichen Kuchen nicht essen kannst, aber stattdessen gerne noch ein Stück Butter zum Tee hättest.

Du wirst angeschaut wie jemand, der gerade behauptet hat, Elvis lebe noch und verkaufe Hot Dogs am Times Square. Die soziale Isolation ist vorprogrammiert!

Ich habe mal eine Dame massiert, die war so tief in der Keto-Welt versunken, dass sie sogar von ketogenen Träumen berichtete. Sie erzählte, wie sie nachts davon träumte, von einem Brokkoli-Monster verfolgt zu werden, das sie mit einer Tüte Gummibärchen fangen wollte. Da fragt man sich doch: Ist ein Leben ohne Brot und Kartoffeln wirklich ein erstrebenswertes Leben? Oder ist es eher so, als würde man versuchen, ein Orchester ohne Geigen spielen zu lassen? Irgendwas fehlt da einfach. Und meistens ist es die Lebensfreude.

Superfoods:
Das überteuerte Versprechen: Acai-Beere und Chia-Samen als Retter in der Not – oder doch nur teurer Hype?

Und dann haben wir da noch die Kategorie der Superfoods. Ach, die Superfoods! Diese kleinen, oft exotischen Dinger, die uns versprechen, uns nicht nur schlank, sondern auch jugendlich, vital und potenziell unsterblich zu machen. Stell dir vor: Du isst eine Handvoll Chia-Samen, und plötzlich wachsen dir Flügel und du kannst fliegen! So ungefähr muss man sich die Werbung dafür vorstellen.

Da haben wir die Acai-Beere, die irgendwo im Amazonas wächst und angeblich die Fähigkeit hat, den Alterungsprozess aufzuhalten. Eine Beere, die mehr verspricht als der

Jungbrunnen selbst! Dann die Goji-Beere, die aussieht wie eine verschrumpelte Rosine, aber angeblich mehr Vitamin C hat als eine ganze Orangenplantage. Und natürlich die Chiasamen, diese kleinen schwarzen Körnchen, die im Wasser zu einem glibberigen Brei aufquellen und angeblich Wunder für die Verdauung wirken. Ich muss sagen, der Anblick erinnert mich immer an Froschlaich. Aber Froschlaich für 15 Euro das Pfund – das ist dann schon eine Investition in die Ewigkeit, oder?

Der Haken an der Sache? Diese "Superhelden der Ernährung" sind meistens astronomisch teuer. Du gibst ein kleines Vermögen für ein Tütchen getrocknete Beeren aus, das aus Peru importiert wurde, während der Apfel vom Bauern nebenan, der auch reichlich Vitamine hat, ein trauriges Dasein fristet. Man wird zum Sammler seltener und teurer Ingredienzien, nur um sich dann einzureden, man sei jetzt auf dem Weg zur Erleuchtung. Ich habe mal einen Herrn mit chronischen Verspannungen im Nacken massiert. Er erzählte mir, er hätte jeden Morgen einen Smoothie aus Grünkohl, Spirulina und Goji-Beeren getrunken, um seinen Körper zu "entschlacken". Und als ich fragte, ob es ihm denn besser gehe, zuckte er mit den Schultern und sagte: „Naja, mein Urin ist jetzt leuchtend grün, aber die Schmerzen sind noch da." Da fragt man sich doch: Lohnt sich der ganze Aufwand, wenn man am Ende nur einen teuren Flüssigdünger zu sich nimmt und trotzdem Rückenschmerzen hat? Es ist, als würde man eine Luxusyacht kaufen, um dann festzustellen, dass man seekrank wird.

Entgiftungskuren:
Der Darm als Schlachtfeld: Säfte, Shakes und Einläufe – wie der Körper angeblich gereinigt wird, aber oft nur das Portemonnaie leidet

Ach, die Entgiftungskuren! Das ist doch das Schönste vom Ganzen, nicht wahr? Wenn unser Körper, diese wundersame Maschine, die uns durchs Leben trägt und sich ganz unaufgeregt selbst entgiftet, plötzlich zu einem hoffnungslos verschmutzten Müllabladeplatz erklärt wird. Wir essen ja nicht mehr, wir vergiften uns nur. Und die Lösung? Eine radikale Säuberung, die den Darm in ein Labor für wundersame Experimente verwandelt.

Da haben wir die Saftkuren, bei denen man tagelang nichts als liebevoll zubereitete (und sündhaft teure) grüne Flüssigkeiten zu sich nimmt. Der Gedanke ist ja rührend: Man trinkt den ganzen Tag pürierte Gräser und Wurzeln, und irgendwie soll dabei dann das schlechte Gewissen wegen des letzten Schweinebratens verschwinden. Ich habe mal einen Herrn massiert, der hatte sich einer solchen Kur unterzogen. Er kam herein, bleich wie eine Wand, und erzählte mir, er hätte seit drei Tagen nichts Festes mehr gegessen. Er sah aus, als würde er jeden Moment vom Massagetisch rutschen. Und als ich ihn fragte, wie es ihm denn gehe, murmelte er nur: „Ich träume von einer Leberkässemmel." Die Ironie dabei ist: Wenn du dich drei Tage lang nur von Säften ernährst, ist dein Körper so unterzuckert und schwach, dass er sich eher aufs Überleben konzentriert, als auf die „Entgiftung" von Dingen, die gar nicht drin sind. Man entzieht sich selbst die Energie, die man braucht, um den Alltag zu bewältigen, nur um am Ende festzustellen, dass man statt eines reinen Geistes einen knurrenden Magen und eine leichte Reizbarkeit entwickelt hat. Das ist, als würde man sein Auto mit Champagner betanken, in der Hoffnung, dass es dann schneller fährt – am Ende ist nur der Tank leer und das Auto kaputt.

Und dann wären da noch die Einläufe. Ja, du hast richtig gehört. Nicht nur der Magen wird mit exotischen Mixturen gefüllt, nein, auch der andere Eingang muss herhalten! Es gibt Kuren, da wird dir Kaffeewasser in den Darm gespült, weil Kaffee ja angeblich entgiftet. Ich meine, ich trinke meinen Kaffee gerne am Morgen, aber nicht auf die Art und Weise, wie manche es vorschlagen. Das ist doch wie das Sprichwort: Man sollte nie dort essen, wo man auch schläft. Oder in diesem Fall: Man sollte nie dort entgiften, wo man auch... naja, du verstehst. Der Gedanke, dass man seinen Darm spülen muss, als wäre er ein verstopftes Abflussrohr, ist doch schon absurd genug. Aber das ganze auch noch mit stolzer Miene zu verkünden, als hätte man gerade das Geheimnis ewiger Jugend entdeckt – das ist die wahre Kunst der Selbsttäuschung.

Nahrungsergänzungsmittel:
Die Pille zum Glück? Vitamine, Mineralien und Proteinpulver in Mengen, die eher schaden als nutzen

Wenn die Ernährung alleine nicht mehr reicht, um uns perfekt zu machen, dann müssen eben die kleinen Helferlein ran: die Nahrungsergänzungsmittel. Eine ganze Industrie ist entstanden, die uns einreden will, dass unsere normale Nahrung nicht mehr ausreicht, um uns mit den nötigen Vitaminen, Mineralien und Proteinen zu versorgen. Plötzlich brauchst du nicht mehr fünf Portionen Obst und Gemüse am Tag, sondern eine Handvoll Tabletten, Kapseln und Pulver, die mit bunten Versprechungen um sich werfen.

Da schluckt man morgens eine Pille für Vitamin C, mittags eine für Magnesium, abends noch eine für Omega-3-Fettsäuren. Dazu noch einen Schuss Proteinpulver in den Smoothie, weil man ja unbedingt Muskeln aufbauen muss, auch wenn der einzige Sport, den man macht, das Hochheben des Kaffeebechers ist. Mein Freund, das ist doch wie ein Chemielabor im eigenen Körper! Man wird zum Probanden in einem Selbstversuch, dessen Ergebnis meist nur eines ist: ein teurer Urin, der vor lauter ausgeschiedenen Vitaminen leuchtet wie ein Weihnachtsbaum.

Ich hatte neulich eine junge Dame, die erzählte mir stolz, sie nehme jetzt jeden Tag 20 verschiedene Nahrungsergänzungsmittel, weil sie sich "müde" fühle. Zwanzig! Ich fragte sie, ob sie nicht lieber mal ordentlich ausschlafen wolle, aber da schüttelte sie nur den Kopf. "Das reicht nicht, Volkmar. Mein Körper braucht das alles!" Ich dachte mir nur: Ihr Körper braucht wahrscheinlich weniger Chemie und mehr gute Hausmannskost. Es ist wie bei einem kaputten Auto: Man kann noch so viel Duftbaum reinhängen, wenn der Motor stottert, muss man zur Werkstatt, nicht in den Drogeriemarkt.

Und das Schlimmste ist: Manche Leute übertreiben es maßlos. Sie nehmen so viele Vitamine und Mineralien, dass sie ihrem Körper damit eher schaden als nutzen. Da werden Mengen eingeworfen, die der Körper gar nicht verarbeiten kann, und die dann im besten Fall einfach wieder ausgeschieden werden. Im schlimmsten Fall aber zu handfesten Problemen führen können. Plötzlich hat man Leberschäden durch zu viel Vitamin A oder Nervenstörungen durch überdosiertes Vitamin B6. Man versucht, sich gesund zu supplementieren, und landet am Ende mit einem Problem, das man sich vorher nicht mal vorstellen konnte. Das ist, als würde man versuchen, eine Blume zu gießen, indem man sie mit einem Feuerwehrschlauch ertränkt. Gute Absicht, katastrophales Ergebnis.

Der Fitness-Wahn

– Vom Sport zum Leistungssport (unfreiwillig)

Nachdem wir uns nun ausführlich mit den Freuden und Tücken des Diät-Wahnsinns beschäftigt haben – wo jeder Bissen zur existenziellen Frage wird und der Darm zum Endlager für Kaffee – kommen wir zum nächsten großen Schlachtfeld der modernen Selbstoptimierung: dem Fitness-Wahn.

Früher, da war Sport etwas, das man tat, wenn man musste. Man rannte dem Bus hinterher, schleppte Einkaufstaschen oder bewirtschaftete seinen Acker. Manchmal spielte man am Sonntag ein bisschen Fußball, und danach gab es ein kühles Bier und eine Wurst. Sport war Mittel zum Zweck oder eine nette Freizeitbeschäftigung. Heute? Heute ist Sport eine Religion. Eine Philosophie. Ein Statussymbol. Man geht nicht einfach ins Fitnessstudio, man lebt Fitness. Und wehe dem, der nicht mitmacht! Man wird schief angeschaut, als hätte man gerade verkündet, dass man seine Abende am liebsten mit dem Zählen von Zimmerdecken-Rissen verbringt.

Ich sehe sie hier in unserem Wellnesshotel. Manchmal schon morgens um sechs, noch bevor die Sonne richtig aufgegangen ist, huschen sie im knallengen Funktionsdress vorbei, die Kopfhörer auf den Ohren, und sehen aus, als würden sie sich auf den Mount Everest vorbereiten, obwohl sie nur zum hoteleigenen Laufband wollen. Der Puls muss hoch sein, die Muskeln müssen brennen, und am Ende muss ein Selfie her, das beweist: Ich habe gelitten, also lebe ich! Es ist, als hätten wir kollektiv vergessen, dass Bewegung auch Spaß machen darf und nicht immer ein olympisches Ergebnis produzieren muss.

Der Laufzwang:
Marathon bis zum Muskelkater-Burnout: Wenn Joggen zur Sucht wird und jeder freie Moment dem Training geopfert wird

Fangen wir an mit dem Klassiker, dem Ursprung allen Übels für die Gelenke und die gute Laune am Morgen: dem Joggen. Was harmlos begann – ein paar Runden im Park, um ein bisschen frische Luft zu schnappen und die Kondition zu halten –, hat sich längst zu einer wahren Manie entwickelt. Plötzlich geht es nicht mehr um das Laufen an sich, sondern um Distanzen, Zeiten und – natürlich – den nächsten Marathon.

Ich hatte mal einen Herrn hier, der war so besessen vom Laufen, dass er sogar seine Geschäftsreisen nach den dortigen Marathonstrecken plante. Der kam zu mir mit Füßen, die aussahen, als hätte er sie persönlich durch einen Fleischwolf gedreht. Blasen, aufgeschürfte Fersen, und der große Zeh, der sich schon selbstständig gemacht hatte. Und als ich ihn fragte, warum er das mache, ob es ihm Spaß bereite, da sah er mich ganz verdutzt an. „Spaß? Volkmar, das ist kein Spaß! Das ist Training! Die Qual ist der größte Motivator!" Ich nickte nur und dachte mir: Mein lieber Freund, wenn die Qual dein Motivator ist, dann bist du nicht sportlich, sondern masochistisch veranlagt. Das ist wie ein Koch, der behauptet, sein Gericht schmeckt am besten, wenn es so scharf ist, dass es dem Esser die Tränen in die Augen treibt.

Man quält sich durch Regen, Schnee und Wind, ignoriert schmerzende Knie und ziehende Achillessehnen. Denn der innere Guru flüstert: „Nur noch ein Kilometer! Du schaffst das! Denk an die Kalorien!" Und am Ende des Marathons, wenn man sich kaum noch auf den Beinen halten kann und aussieht wie ein nasser Pudel, der durch den Dreck gezogen wurde, dann muss natürlich ein Foto her. Ein Triumph des Willens über den Körper, der eigentlich nur noch ins Bett fallen möchte. Dabei wäre es doch viel gesünder, einfach mal einen Tag auf dem Sofa zu verbringen und ein gutes Buch zu lesen. Aber wer ist dann schon ein Held?

CrossFit und Co.:
Das neue Dogma der Belastung: Wenn Gruppendruck und übertriebener Ehrgeiz zu Verletzungen führen

Wenn Joggen der Kindergarten des Fitness-Wahnsinns ist, dann sind CrossFit und Konsorten die Kaserne. Hier wird nicht einfach nur trainiert, hier wird gelebt und gelitten im Kollektiv. Du hast es vielleicht schon mal gehört: Überall schreiende Menschen, die Reifen schleppen, Seile hochklettern und Hanteln schmeißen, als gäbe es kein Morgen mehr. Und das alles unter dem wohlwollenden Blick eines Trainers, der aussieht, als hätte er sich gerade aus einem Schwarzenegger-Film entsprungen.

Der Geist des CrossFits ist ja eigentlich gut gemeint: Gemeinschaft, funktionelles Training, sich gegenseitig anspornen. Aber Hand aufs Herz, lieber Leser: Wann wird aus dem Ansporn ein Gruppenzwang, der dazu führt, dass man sich Dinge antut, die kein Mensch braucht? Ich habe hier im Hotel schon so manche Geschichte gehört. Von Schultern, die nach dem zigsten Handstand-Push-up nicht mehr hochgehen wollten, von Rücken, die nach dem "Clean and Jerk" krummer waren als der bayerische Wald im Herbst, oder von Händen, die aussahen, als hätte man sie durch einen Aktenvernichter geschickt.

Manchmal habe ich das Gefühl, die Teilnehmer dieser Kurse wollen nicht gesünder werden, sondern beweisen, wie viel Schmerz sie ertragen können. Es ist wie eine moderne Form der Buße, nur dass man am Ende keine Sünden vergeben bekommt, sondern höchstens eine Sehnenscheidenentzündung. Und wehe, du machst nicht mit! Dann bist du der Schwächling, der den Geist der "Box" (so nennt man diese Folterkammern liebevoll) nicht verstanden hat. Da wird aus einem Workout ein Wettkampf, und aus dem Wunsch nach Fitness ein regelrechter Ehrgeiz-Burnout. Ich frage mich, ob die alten Griechen, die den Sport erfunden haben, wirklich meinten, dass wir uns gegenseitig zu Tode hetzen sollen. Ich glaube eher, die hätten einen entspannten Spaziergang gemacht und danach ein gutes Glas Wein genossen.

Die Yoga-Perfektionisten:
Wenn Entspannung zur akrobatischen Meisterleistung wird und die innere Mitte unerreichbar bleibt

Nach all dem Geschwitze und Gestöhne könnte man meinen, Yoga wäre die Insel der Glückseligkeit, der Ort, an dem man endlich zur Ruhe kommt. Denkste! Auch hier hat der Wahnsinn Einzug gehalten. Früher war Yoga eine sanfte Praxis, um Körper und Geist in Einklang zu bringen. Heute ist es ein Wettbewerb darum, wer die Beine am weitesten hinter den Kopf bekommt oder am längsten auf einem Bein balancieren kann, ohne umzufallen. Die Yoga-Perfektionisten! Sie schweben förmlich durch den Raum, in ihren teuren Designer-Leggings, und sehen dabei aus, als würden sie gerade eine Audition für den Cirque du Soleil abhalten. Man sitzt da im Kurs, versucht, den "herabschauenden Hund" hinzubekommen, und fühlt sich dabei eher wie ein krummer Dackel, dem gerade der Schwanz eingeklemmt wurde. Und nebenan? Eine Dame, die aussieht wie ein Gummimensch, faltet sich so kunstvoll zusammen, dass man sich fragt, ob sie nicht heimlich ein Skelett aus Gummi hat. Während man selbst noch damit kämpft, nicht vom Gleichgewicht zu fallen und den Nachbarn anzurempeln, spricht die Yogalehrerin von "innerer Ruhe" und "Loslassen". Loslassen? Ich will meinen Fuß loslassen, der gerade verkrampft!
Die Ironie ist: Yoga soll zur Entspannung und Selbstfindung führen. Aber für viele ist es nur eine weitere Quelle von Stress und Minderwertigkeitsgefühlen. Man sieht die perfekten Posen auf Instagram, versucht sie nachzuahmen und scheitert

kläglich. Plötzlich ist die "innere Mitte" unerreichbar, weil man sich ständig fragt, ob die eigene Yoga-Matte auch vegan und nachhaltig produziert wurde. Es ist wie der Versuch, einen Knoten im Kopf zu lösen, indem man ihn fester zieht. Am Ende ist man nur noch verspannter als vorher.

Der Achtsamkeits-Albtraum
– Wenn Entspannung stresst

Nachdem wir uns nun durch die Irrungen und Wirrungen des Diät-Wahnsinns und des Fitness-Exzesses gekämpft haben, sollte man meinen, jetzt käme der ersehnte Hafen der Ruhe. Die Oase der Gelassenheit. Die Insel der inneren Mitte. Aber weit gefehlt, mein lieber Leser! Der moderne Mensch hat es geschafft, selbst die Entspannung zu einer hochkompetitiven Disziplin zu machen. Willkommen im Achtsamkeits-Albtraum!

Früher, da hat man sich entspannt, indem man einfach mal nichts tat. Man saß auf der Parkbank und schaute den Wolken zu, döste im Liegestuhl oder schlief einfach eine Runde. Das war Entspannung pur, unkompliziert und ohne Anforderungsprofil. Heute? Heute muss man achtsam sein. Man muss den Moment genießen, das Hier und Jetzt spüren, die eigenen Gedanken beobachten, ohne sie zu bewerten. Das klingt ja auf den ersten Blick wunderbar. Doch in der Praxis hat es sich zu einer weiteren Quelle von Stress entwickelt, bei der man sich ständig fragt: Mache ich das auch richtig? Bin ich schon entspannt genug? Bin ich etwa nicht achtsamer als mein Nachbar? Es ist wie der Versuch, einen Knoten im Kopf zu lösen, indem man ihn mit aller Gewalt noch fester zieht.

Ich sehe sie hier im Hotel, die armen Seelen, die mit ernster Miene versuchen, zur inneren Ruhe zu finden. Sie sitzen kerzengerade auf ihren Meditationskissen, die Stirn in Falten gelegt, und sehen dabei angespannter aus als ein Frosch, der gerade einen Zebrastreifen überquert. Und du weißt, was das Schlimmste ist? Wenn du dich nicht achtsam genug fühlst, dann bist du sofort wieder in der Schuldspirale gefangen. Du bist nicht gut genug, nicht diszipliniert genug. Man jagt einem Ideal hinterher, das sich bei näherer Betrachtung als flüchtiger Nebel erweist.

Meditation unter Erfolgsdruck:
Wie das Stillsitzen zur nächsten Aufgabe wird und das Gehirn nicht abschalten will

Der Königsweg zur Achtsamkeit, so heißt es, ist die Meditation. Man soll sich hinsetzen, die Augen schließen, und einfach nur seinen Atem beobachten. Die Gedanken kommen und gehen lassen, wie Wolken am Himmel. Klingt einfach, nicht wahr? Fast schon zu einfach, um wahr zu sein. Und das ist es auch meistens.

Ich habe es selbst versucht. Ich saß da, auf einem dieser Meditationskissen, das mir von einer wohlmeinenden Dame empfohlen wurde, die aussah, als sei sie gerade von einer Wolke gefallen. "Atme ein, atme aus", flüsterte mir die App auf meinem Handy zu. Und was passierte? Mein Gehirn, dieses quirlige Organ in meinem Schädel, das sonst im Dauereinsatz ist, begann einen regelrechten Marathonlauf der Gedanken. Habe ich das Bügeleisen ausgemacht? Was gibt es heute Abend zu essen? Die Autoreparatur ist doch auch noch fällig! Plötzlich war das Stillsitzen anstrengender als ein Marathon. Und je mehr ich versuchte, meine Gedanken zu stoppen, desto hartnäckiger klammerten sie sich an mich. Das ist wie der Versuch, eine lästige Fliege im Zimmer zu fangen – je mehr man danach schlägt, desto agiler wird sie.

Das Problem ist der Erfolgsdruck. Man liest von Leuten, die stundenlang in tiefer Meditation versinken und dabei Erleuchtung erlangen. Und du selbst? Du sitzt da, zappelst auf dem Kissen, deine Füße schlafen ein, und du bist froh, wenn du es fünf Minuten aushältst, ohne panisch aufzuspringen. Man fühlt sich wie ein Versager im Entspannungs-Wettbewerb. Dabei soll es ja gerade darum gehen, nicht zu bewerten. Aber wie soll man nicht bewerten, wenn der Meditationslehrer von "tiefen Erfahrungen" spricht, während man selbst nur ein aufgeregtes Eichhörnchen im Kopf hat, das Nüsse versteckt? Man versucht, sich zu zwingen, entspannt zu sein, und scheitert dabei kläglich. Am Ende ist man nicht entspannter, sondern nur frustrierter und mit einem schlechten Gewissen beladen.

Der positive Denkzwang:
Wenn negative Emotionen verpönt sind und man sich einreden muss, immer glücklich zu sein

Hand in Hand mit der Achtsamkeit geht oft der sogenannte positive Denkzwang. Man soll stets das Gute sehen, aus jeder Situation das Beste machen und negative Emotionen einfach weglächeln. Trauer, Wut, Ärger – all das ist unerwünscht, fast schon eine Form des Versagens. Wer sich schlecht fühlt, hat einfach noch nicht hart genug an seiner positiven Einstellung gearbeitet.

Ich hatte mal eine Dame hier, die erzählte mir mit einem Zwangslächeln, sie hätte gerade ihren Job verloren, aber sie würde jetzt "positiv bleiben" und die "Gelegenheit zum Neuanfang" sehen. Dabei zitterte ihre Unterlippe wie ein Wackelpudding im Erdbeben. Ich dachte mir nur: Meine Liebe, es ist völlig in Ordnung, mal wütend oder traurig zu sein, wenn man seinen Job verliert! Das ist menschlich! Aber nein, der Diktatur der Positivität folgend, muss man immer einen Sonnenschein im Herzen tragen, selbst wenn es draußen Bindfäden regnet.

Das ist doch wie der Versuch, einen Sturm mit einem Regenschirm aufzuhalten. Es mag kurzfristig helfen, sich einzureden, alles sei wunderbar, aber die echten Gefühle bahnen sich ihren Weg. Und wenn man sie ständig unterdrückt, dann kommen sie irgendwann mit doppelter Wucht zurück, wie ein unterirdischer Vulkan, der plötzlich ausbricht. Man wird zu einem Schauspieler im eigenen Leben, der ständig eine Maske des Glücks trägt, während es innerlich brodelt. Und der größte Stress dabei ist, dass man sich schuldig fühlt, wenn man mal nicht strahlt wie ein Honigkuchenpferd. Eine absurde Vorstellung, dass wir uns permanent einreden müssen, glücklich zu sein, selbst wenn uns zum Heulen zumute ist. Das ist nicht positive Psychologie, das ist Selbstbetrug mit Anlauf.

Digital Detox:

Die Angst, etwas zu verpassen: Das bewusste Offline-Gehen, das paradoxerweise mehr Stress erzeugt als Entspannung bringt

Und dann wäre da noch das Phänomen des Digital Detox. Die Idee ist ja lobenswert: Man schaltet die Bildschirme aus, legt das Smartphone weg und widmet sich wieder dem echten Leben. Man soll die Natur spüren, Bücher lesen und sich mit Menschen unterhalten, ohne ständig auf blinkende Benachrichtigungen zu schielen. Wunderbar, nicht wahr? Für manche aber ist es eine reine Tortur, ein Entzug, der mehr Ängste schürt als Entspannung bringt.

Ich kenne Leute, die planen ihren Digital Detox wie eine Expedition in die Arktis. Das Handy wird feierlich in einen Safe gesperrt, die Laptop-Kabel versteckt und das WLAN ausgeschaltet. Und dann? Dann sitzen sie da, die Hände zittern, die Augen huschen unruhig durch den Raum. Sie fühlen sich, als hätten sie ein wichtiges Körperteil verloren. Die Angst, etwas zu verpassen (FOMO – Fear of Missing Out), schlägt gnadenlos zu. Was, wenn jemand Wichtiges anruft? Was, wenn auf Instagram das lustigste Katzenvideo aller Zeiten gepostet wird? Was, wenn ich verpasse, wie mein Lieblings-Influencer seinen Morgen-Smoothie zubereitet? Diese vermeintliche Entspannung wird zu einem regelrechten Kampf gegen sich selbst. Man ist offline, aber im Kopf surft man immer noch im Internet, checkt imaginäre Nachrichten und malt sich die schlimmsten Szenarien aus. Das ist doch wie im Urlaub am Strand liegen, aber die ganze Zeit an die Arbeit denken. Man ist physisch weg, aber mental immer noch gefangen. Am Ende ist man nicht entspannter, sondern hat nur eine weitere Form des Stresses erlebt: den Stress des Verzichts. Und sobald der Detox beendet ist, stürzt man sich mit doppelter Inbrunst wieder auf alle Bildschirme, als wäre man gerade aus der Steinzeit entflohen.

Work-Life-Balance:
Ein Mythos im Hamsterrad: Der ständige Versuch, alles unter einen Hut zu bekommen, der oft in Erschöpfung mündet

Und als Krönung der modernen Entspannungs-Paradoxien haben wir da noch dieses schillernde Ideal: die Work-Life-Balance. Ein Begriff, der so wohlklingend ist wie eine Meeresbrise und uns verspricht, dass wir gleichzeitig eine brillante Karriere machen, ein erfülltes Familienleben führen, uns ausgiebig um unsere Gesundheit kümmern und nebenbei noch Zeit für Hobbys und spirituelles Wachstum finden. Es ist wie der Versuch, einen Elefanten, eine Maus und einen ausgewachsenen Grizzlybär in einer einzigen, winzigen Transportbox unterzubringen – am Ende gibt es nur Chaos und jede Menge Groll.

Früher hieß es einfach: Man arbeitet. Und dann hat man Feierabend. Punkt. Die Ansprüche waren klar und übersichtlich. Heute aber, da muss man nicht nur Leistung bringen, sondern auch noch sein Leben perfekt jonglieren. Man soll Yoga machen, um den Stress im Job abzubauen, aber gleichzeitig noch genug Energie haben, um abends für die Kinder da zu sein, und bloß nicht vergessen, den ökologischen

Fußabdruck zu reduzieren. Der Kopf qualmt von all den To-do-Listen, die sich ins Unendliche ziehen, und die vermeintliche "Balance" ist oft nur ein Hamsterrad, in dem man immer schneller läuft, ohne je wirklich anzukommen. Ich hatte mal eine Dame, die war Mitte dreißig und sah aus wie Mitte fünfzig. Sie erzählte mir mit stolzgeschwellter Brust, wie sie es schaffe, Vollzeit zu arbeiten, zweimal die Woche Crossfit zu machen, an den Wochenenden Bio-Gemüse im eigenen Garten anzubauen und daneben noch einen Kurs in Permakultur zu belegen. Und als ich sie fragte, wann sie denn schläft, sah sie mich nur entgeistert an. „Schlafen? Volkmar, dafür habe ich keine Zeit! Schlaf ist für die Schwachen!" Das ist doch der Gipfel der Absurdität! Man brennt aus im Versuch, ein Leben zu leben, das nur auf Instagram existiert. Man versucht, alle Bälle gleichzeitig in der Luft zu halten, aber am Ende fällt alles runter – meistens auf den eigenen Kopf. Das größte Problem der Work-Life-Balance ist doch, dass sie oft nur zu einem weiteren Punkt auf der endlosen To-do-Liste wird, den man abhaken muss. Man nimmt sich vor, am Wochenende mal "runterzukommen", und plant dafür dann so viele Aktivitäten ein – von der Wanderung über den Besuch des Bauernmarktes bis zum achtsamen Kochen –, dass man am Montag noch erschöpfter ist als am Freitagabend. Man rennt einer imaginären Perfektion hinterher, die uns nur verspricht, glücklicher zu machen, uns aber in Wahrheit nur in die Erschöpfung treibt. Es ist, als würde man versuchen, in einem überfüllten Zug einen freien Sitzplatz zu finden – man sucht und sucht, ist am Ende völlig genervt und muss doch stehen. Und das alles im Namen der "Balance".

Die soziale Falle der Gesundheit
– Wenn das Umfeld zur Belastung wird

Nachdem wir nun die Diäten wie ein unliebsames Korsett abgestreift, den Fitness-Wahn zum Schwitzen gebracht und sogar die Achtsamkeit bis zur Erschöpfung durchmeditiert haben, kommen wir zum vielleicht subtilsten, aber nicht weniger tückischen Aspekt des Gesundheits-Wahnsinns: der sozialen Falle. Denn während wir uns mühen, unsere eigene Version des perfekten Ichs zu zimmern, schielt das Umfeld fleißig mit und übt einen Druck aus, der uns manchmal mehr quält als jede Bauchmuskelübung.

Früher war es ja so: Man aß, was einem schmeckte, und wenn man sich wohlfühlte, war das die Hauptsache. Aber heute? Heute ist das eigene Essverhalten und die sportliche Betätigung ein Politikum, ein Thema für angeregte Debatten beim Abendessen und ein ungeschriebenes Gesetz, das uns vorschreibt, wie wir uns in der Öffentlichkeit zu präsentieren haben. Man fühlt sich wie ein Goldfisch im Glas, ständig unter Beobachtung, und wehe, du weichst von der Norm ab! Dann bist du der Außenseiter, der Spielverderber, derjenige, der die Gruppendynamik der „gesunden" Elite stört. Man ist plötzlich kein Individuum mehr, sondern ein wandelndes Beispiel für – oder gegen – das, was gerade als "gesund" gilt.

Gesunde Ernährung als Statussymbol:
Wenn der Bioladen zum Catwalk wird und man sich für Fertiggerichte schämt

Erinnerst du dich an die Zeiten, als das Statussymbol ein schnelles Auto oder eine teure Uhr war? Schnee von gestern! Heute ist das wahre Zeichen von Wohlstand und Überlegenheit die gesunde Ernährung. Wer sich in den Bioladen wagt, nicht, weil er dort wirklich die besten Produkte findet, sondern weil es die richtige Pose ist, der hat es geschafft. Plötzlich ist der Einkaufswagen kein Transportmittel mehr, sondern eine Visitenkarte. Bio-Quinoa aus Peru? Natürlich! Lupinenmehl für den veganen Kuchen? Selbstverständlich! Und wehe, du wirst mit einem Fertiggericht oder gar einer Tüte Chips an der Kasse erwischt! Dann wirst du angeschaut, als hättest du gerade eine Bank überfallen.

Ich sehe das bei uns im Hotel. Manche Gäste, die hier ihre Detox-Kur machen, reden stundenlang über die Herkunft jedes einzelnen Salatkorns oder die artgerechte Haltung der Kichererbse, die in ihrem Hummus steckt. Und wenn man dann mal, ganz unschuldig, ein leises Wörtchen über einen guten Schweinebraten fallen lässt, wird man angesehen, als hätte man gerade ein Kätzchen gegessen. Es ist, als hätte sich die Ernährungswissenschaft in eine Art Religion verwandelt, und du bist nur dann ein guter Mensch, wenn du dich von

Wurzeln und Blättern ernährst, die am besten noch selbst geerntet wurden.

Die Scham, etwas „Ungesundes" zu essen, ist so groß geworden, dass manche Leute heimlich sündigen. Ich habe schon Geschichten gehört, da haben Leute heimlich Pizza bestellt und die Verpackung dann im Müll versteckt, damit bloß niemand ihre „Ernährungs-Sünde" entdeckte. Das ist doch absurd! Man fühlt sich wie ein Sünder, nur weil man dem kleinen Genuss frönen möchte. Die Ironie dabei ist: Man ist so besessen davon, nach außen hin „gesund" zu wirken, dass der eigentliche Genuss am Essen völlig verloren geht. Man isst nicht, weil es schmeckt, sondern weil es „richtig" ist. Und dabei ist doch ein herzhaftes Lachen beim Essen mit Freunden viel gesünder als jeder grüne Smoothie, der mit schlechtem Gewissen heruntergewürgt wird.

Der Gruppenzwang zum Sport:
Wenn man sich ausreden muss, um nicht jedes Wochenende am Triathlon teilzunehmen

Nach der Arbeit noch schnell ins Fitnessstudio? Am Wochenende ein Marathon? Und bloß nicht den Sporttag mit den Kollegen verpassen! Der Gruppenzwang zum Sport ist gnadenlos. Früher hat man sich zum Bier getroffen, heute zum Body-Pump. Und wehe, du sagst mal „Nein"! Dann bist du der Faulenzer, der Couch-Potato, der die sportlichen Ambitionen der Gruppe untergräbt.

Ich habe einen Freund, der hat mal versucht, sich aus einem Firmenlauf herauszureden, weil er eine leichte Erkältung hatte. Er musste sich fühlen wie ein Schuljunge, der seine Hausaufgaben vergessen hat. Die Kollegen haben ihn so lange bearbeitet, bis er mitlief, hustend und schniefend, nur um am Ende als Erster ins Ziel zu taumeln – und direkt danach mit Fieber im Bett zu landen. Das ist doch verrückt! Der Wunsch, dazuzugehören und nicht als „unsportlich" abgestempelt zu werden, treibt uns zu Leistungen an, die unser Körper eigentlich gar nicht erbringen will.

Man ist in einem Teufelskreis gefangen. Man macht Sport, um fit zu sein. Aber dann ist man fit genug, um an noch mehr Sportveranstaltungen teilzunehmen. Und irgendwann ist der gesamte Freundeskreis nur noch eine Trainingsgruppe, die sich gegenseitig zu Höchstleistungen antreibt. Man tauscht sich nicht mehr über das Leben aus, sondern über Laufzeiten und Muskelgruppen. Und wenn man mal einen Abend lieber faulenzen möchte, muss man sich eine plausible Ausrede ausdenken, die am besten noch nach einer akuten Sportverletzung klingt, damit man nicht als „Weichei" dasteht. Die Ironie ist: Man treibt Sport, um gesund zu sein, aber der soziale Druck führt dazu, dass man sich überfordert und am Ende nur noch genervt ist.

Die "Gesundheits-Polizei" im Freundeskreis:

Unerwünschte Ratschläge und Besserwisserei über den eigenen Lebensstil

Und dann haben wir da noch die "Gesundheits-Polizei". Das sind diese Menschen im Freundes- oder Familienkreis, die es immer besser wissen. Du erzählst, dass du dir ein Stück Kuchen gegönnt hast? Sofort kommt der erhobene Zeigefinger: „Aber da ist doch so viel Zucker drin! Das macht dick und krank!" Du erzählst von einer Erkältung? „Du hättest ja auch mehr Vitamin C nehmen können!" Oder mein persönlicher Favorit: „Du siehst aber müde aus. Schläfst du auch genug? Und trinkst du auch genug Wasser?"

Man fühlt sich, als würde man ständig vor Gericht stehen, und jeder Bissen, jeder Schritt, jede Entscheidung wird gnadenlos bewertet. Diese Hobby-Experten haben für jedes Wehwehchen eine Lösung parat, und für jedes „ungesunde" Verhalten eine moralische Predigt. Dabei sind sie selbst oft die Ersten, die vor lauter Gesundheitsstress kurz vorm Nervenzusammenbruch stehen. Aber Hauptsache, man hat den anderen gesagt, was sie besser machen sollen. Es ist wie der Lehrer, der seine Schüler tadelt, weil sie nicht aufmerksam sind, während er selbst heimlich auf seinem Smartphone spielt.

Die schlimmste Art der „Gesundheits-Polizei" sind die, die ihre eigenen, oft sehr rigiden Regeln, auf alle anderen übertragen wollen. Du trinkst ein Glas Wein? „Alkohol ist Gift für den Körper!" Du isst ein bisschen Brot? „Weizen macht dick und entzündet den Darm!" Man möchte manchmal einfach nur schreien: „Lasst mich in Ruhe! Mein Körper gehört mir!" Aber nein, man muss sich geduldig anhören, wie man sein Leben nach den neuesten Erkenntnissen einer zweifelhaften Studie ausrichten sollte. Der soziale Druck, dem Ideal der „perfekten Gesundheit" zu entsprechen, ist so immens, dass man am Ende lieber schweigt und sich verstellt, als sich einer endlosen Debatte zu stellen.

Der Druck der sozialen Medien:
Die perfekte Körper- und Lebensinszenierung, die unrealistische Erwartungen schürt

Last but not least, die allgegenwärtige Quelle allen Übels und aller Vergleiche: die sozialen Medien. Instagram, TikTok und Co. sind zu den größten Schaufenstern der angeblich perfekten Gesundheit geworden. Jeder zweite Post zeigt makellose Körper in Posen, die selbst Turnerinnen neidisch machen würden, dazu perfekt angerichtete Mahlzeiten, die aussehen, als wären sie von einem Sternekoch persönlich zubereitet. Und natürlich die obligatorischen Urlaubsfotos, die den Eindruck erwecken, das Leben bestehe nur aus Yoga am Strand und Detox-Smoothies mit Meerblick.
Man sitzt da, scrollt durch den Feed, und fühlt sich mit dem eigenen, nicht ganz so durchtrainierten Körper und dem Brot mit Käse auf dem Teller plötzlich wie ein hoffnungsloser Fall. Der Druck der sozialen Medien schürt unrealistische Erwartungen. Man sieht die vermeintlich perfekten Leben der anderen und fragt sich, was man selbst falsch macht. Warum bin ich nicht so schlank? Warum esse ich nicht so „clean"?

Warum verbringe ich meinen Urlaub nicht im Retreat auf Bali, sondern im Bayerischen Wald? (Obwohl der Bayerische Wald ja auch seinen Charme hat, muss ich betonen!)

Dabei wissen wir doch alle: Die meisten dieser Bilder sind geschönt, gefiltert und bis zur Unkenntlichkeit bearbeitet. Sie zeigen nur einen kleinen, perfekten Ausschnitt aus dem Leben, der mit der Realität oft wenig zu tun hat. Aber unser Gehirn, dieses naive Ding, fällt immer wieder darauf herein. Man versucht, einem Ideal nachzueifern, das gar nicht existiert, und scheitert dabei unweigerlich. Und das Ergebnis? Frustration, schlechtes Gewissen und das Gefühl, niemals gut genug zu sein. Das ist wie der Versuch, ein Gemälde zu malen, indem man eine bereits perfekte Fotografie abpaust – am Ende ist es nicht echt und man hat nichts dazu gelernt.

Fiktive Erlebnisberichte aus dem Wellness-Hotel:
Wenn der Wahnsinn Methode hat

Lieber Leser, in meiner langen Zeit als Masseur im idyllischen Bayerischen Wald habe ich vieles gesehen und gehört. Die Geschichten, die sich in den Katakomben eines Wellness-Hotels abspielen, sind manchmal so absurd, dass man sie sich kaum ausdenken kann. Doch keine Sorge: Was Sie nun lesen werden, ist reine Fiktion. Ähnlichkeiten mit lebenden oder leidenden Personen wären rein zufällig und unbeabsichtigt. Mein Beruf als Masseur ist mir heilig – und ich möchte ihn auch nach Veröffentlichung dieses Buches weiterhin ausüben dürfen.

Diese kleinen Anekdoten sind vielmehr destillierter Unsinn, inspiriert von den allgemeinen Auswüchsen des Gesundheits- und Wellnesswahnsinns, die mir in meiner täglichen Arbeit begegnen. Sie sollen Ihnen ein Schmunzeln entlocken und vielleicht die Erkenntnis bringen, dass der Mensch in seinem Streben nach Perfektion manchmal die absurdesten Wege geht. Also, lehnen Sie sich zurück und genießen Sie die Show – sie ist komplett erfunden, versprochen!

Fallstudie 1:

Frau Meier und die Gluten-Apokalypse im Frühstückssaal

Frau Meier war eine Stammgästin, die jeden Herbst zu uns kam, um sich zu "detoxen". Sie war davon überzeugt, dass Gluten der größte Feind der Menschheit sei und verantwortlich für alles, von ihrer leichten Müdigkeit bis zur globalen Erderwärmung. Eines Morgens, beim Frühstücksbuffet, ereignete sich das Drama. Eine neue Praktikantin hatte aus Versehen ein kleines Körbchen mit Dinkelbrötchen – nicht explizit glutenfrei, aber immerhin Bio! – auf den "glutenfreien" Tisch gestellt.

Frau Meier, die mit der Akribie eines Kriminalisten jeden einzelnen Artikel auf dem Buffet inspizierte, entdeckte die "Kontamination". Ihr Gesicht wurde kreidebleich. "Um Himmels Willen!", rief sie mit einer Lautstärke, die selbst den Kaffee auf den Tischen erzittern ließ. "Wer hat diese Giftbomben hierher gestellt? Wissen Sie denn nicht, was Gluten mit meiner Darmflora anrichtet? Ich werde innerlich verrotten!" Die Praktikantin war kurz vor den Tränen, und der Hoteldirektor musste persönlich eingreifen, um Frau Meier zu versichern, dass der gesamte Bereich nun "re-detoxt" und mit Weihwasser desinfiziert werde. Frau Meier bestand daraufhin auf einem zusätzlichen Einlauf, um die potenziellen "Dinkel-Toxine" aus ihrem System zu spülen. Ich musste mich in meinen Massageraum zurückziehen, um nicht laut loszulachen. Meine Güte, ein bisschen Dinkel hat noch niemanden umgebracht!

Fallstudie 2:

Herr Müller und der Marathon im Hallenbad

Herr Müller war ein ambitionierter Geschäftsmann, der fest davon überzeugt war, dass er die "perfekte Work-Life-Balance" gefunden hatte: Tagsüber den Weltkonzern leiten, abends den Körper optimieren. Sein neuestes Ziel: ein Ultra-Marathon. Da draußen aber das Wetter nicht immer mitspielte und er keine Zeit für echtes Training hatte, trainierte er im Hallenbad. Er schwamm keine Bahnen, nein. Er rannte im brusttiefen Wasser, als gäbe es kein Morgen. Stundenlang. Jeden Tag. Eines Nachmittags kam er zu mir zur Massage, völlig verspannt und mit einem schmerzverzerrten Gesicht. "Volkmar", stöhnte er, "meine Beine fühlen sich an, als hätte ich gerade einen Zug gezogen! Aber ich muss meine Wochenkilometer schaffen, der Tracker verzeiht nichts!" Ich fragte ihn, ob er nicht einfach mal draußen laufen oder schwimmen könnte. "Keine Zeit!", schnaubte er. "Und im Wasser ist der Widerstand höher, das ist effektiver!" Ich massierte ihn und fragte mich, wann der Punkt kommt, an dem der "Effektivität" die Freude am Sport komplett zum Opfer fällt. Zwei Tage später fand ihn der Bademeister mit einem Krampf im Bein im Hallenbad – er hatte versucht, seinen persönlichen Rekord zu brechen, indem er noch schneller im Wasser rannte. Sein Tracker zeigte stolz 42,195 Kilometer an. Im Hallenbad.

Fallstudie 3:

Die Yoga-Gruppe und der Fall des inneren Friedens

Wir hatten eine Yoga-Gruppe, die uns jedes Jahr besuchte. Die Lehrerin war eine hochgewachsene Dame mit einer Aura von grenzenloser Gelassenheit. "Findet eure Mitte!", säuselte sie stets, während ihre Schüler sich in unmögliche Verrenkungen zwangen. Eines Tages sollte die Gruppe den "Skorpion" üben – eine extrem anspruchsvolle Haltung, bei der man auf den Unterarmen balanciert und die Beine über den Kopf schwingt. Eine Teilnehmerin, Frau Schmidt, war besonders ehrgeizig. Sie hatte auf Instagram gesehen, wie eine Influencerin den Skorpion am Strand ausführte, und wollte unbedingt das gleiche perfekte Foto für ihren eigenen Feed. Sie versuchte es immer wieder, fiel um, stand auf, versuchte es erneut. Die Lehrerin sprach beruhigend auf sie ein: "Sei geduldig mit dir, Frau Schmidt. Das ist eine Reise." Doch Frau Schmidt hörte nicht. Bei ihrem letzten Versuch überschätzte sie sich, verlor das Gleichgewicht und landete unsanft auf dem Boden. Das Ergebnis: Eine geprellte Schulter und ein gebrochenes Selbstbewusstsein. Später beim Abendessen murmelte sie noch immer: "Aber das Foto wäre so toll geworden..."
Manchmal ist der Druck, perfekt zu sein, einfach zu groß.
:

Fallstudie 4:

Herr Schmidt und der Bio-Smoothie-Blues

Herr Schmidt war ein Neuling in unserem Hotel, ein gestresster Buchhalter aus der Stadt, der sich vorgenommen hatte, hier endlich "runterzukommen" und seine Ernährung umzustellen. Sein Fokus: Bio-Smoothies. Er hatte eine App, die ihm für jeden Tag eine neue, komplizierte Smoothie-Rezeptur vorgab, voll mit obskuren Zutaten wie indischer Stachelbeere, gefriergetrocknetem Brokkoli-Pulver und sibirischem Ginseng. Das Frühstücksbuffet ignorierte er standhaft, denn dort gab es ja nur "konventionelle" Lebensmittel.

Jeden Morgen stand er mit seinem mitgebrachten Pürierstab in der Ecke des Speisesaals und mixte sich seine grüne, oft übelriechende Pampe. Er versuchte dann stets, seine Mitgäste von der lebensrettenden Wirkung seiner Mixturen zu überzeugen. "Fühlen Sie sich schlapp? Das ist der Zucker! Ich habe seit Wochen keinen mehr gegessen. Mir geht's blendend!" Das sagte er, während er aussah wie eine ausgepresste Zitrone und ständig gähnen musste. Nach drei Tagen war er so zittrig und reizbar, dass selbst die freundlichste Bedienung einen Bogen um ihn machte. Eines Abends, nach einem besonders bitteren Kurkuma-Smoothie, erwischte ich ihn an der Minibar, wie er heimlich einen Schokoriegel inhalierte. Er zuckte zusammen, als hätte ich ihn beim Diebstahl erwischt. "Nervennahrung!", flüsterte er verzweifelt. "Meine Nerven, Volkmar, die sind am Ende!" Manchmal ist die beste Ernährung doch die, die schmeckt und satt macht.

Fallstudie 5:

Frau Huber und die Detox-Socken

Frau Huber war eine Dame, die an die Macht der natürlichen Entgiftung glaubte – und zwar an die ganzheitliche! Sie hatte im Internet von sogenannten Detox-Socken gelesen: Spezielle Socken, die man über Nacht tragen sollte, und die angeblich alle Giftstoffe aus dem Körper über die Fußsohlen ziehen würden. Am Morgen sollten sie dann schwarz und verfärbt sein, als Beweis für die erfolgreiche Entgiftung.

Als ich sie zur Fußmassage traf, kam sie mit einem besorgten Gesicht. "Volkmar, ich verstehe das nicht! Meine Socken sind jeden Morgen strahlend weiß! Bin ich denn gar nicht vergiftet? Oder ist mein Körper so voller Toxine, dass sie gar nicht mehr rauskommen?" Sie zeigte mir ihre unschuldigen, sauberen Socken. Ich musste mir das Lachen verkneifen. Ich erklärte ihr sanft, dass ihr Körper über Leber und Nieren verfügt, die die eigentliche Entgiftungsarbeit leisten. Und dass die Verfärbung bei solchen Socken oft durch eine Reaktion der Inhaltsstoffe mit dem Schweiß oder der Luft entsteht. Sie sah mich enttäuscht an. "Aber die Website hat doch gesagt..." Manchmal ist der Glaube an eine einfache Lösung stärker als jede biologische Realität.

Fallstudie 6:

Der Influencer, der seine "Echtheit" verlor

Wir hatten tatsächlich einmal einen jungen, aufstrebenden Fitness-Influencer zu Gast. Er war ständig am Filmen, am Posen, am Motivieren – immer mit einem strahlenden Lächeln und dem Hashtag #authenticliving. Er zeigte seinen Followern, wie er um 5 Uhr morgens im Fitnessraum meditierte (während das Licht noch speziell für ihn eingestellt wurde), wie er seinen Protein-Shake mixte (der extra von der Rezeption gebracht wurde, weil er seine eigene Marke bewerben wollte) und wie er im eisigen Bergbach badete (was aber nur ein kurzer Sprung für die Kamera war, bevor er ins warme Hotel zurückeilte).

Eines Abends, beim Abendessen, hatte er sein Handy vergessen. Er saß da, völlig verloren, starrte ins Leere. Ohne seine Kamera, ohne sein Publikum, ohne die Notwendigkeit, "authentisch" zu sein, wirkte er plötzlich... ganz normal. Und unglaublich müde. Er sah mich an, seinen Blick senkend. "Volkmar", sagte er leise, "ich hab heute vergessen, meine Dankbarkeits-Übung zu filmen. Ist das schlimm?" Ich lächelte. "Nein, mein Lieber", sagte ich. "Heute hast du vielleicht mal wirklich gelebt, ohne es der ganzen Welt beweisen zu müssen." Manchmal ist das größte Influencing, einfach mal man selbst zu sein – auch wenn es nicht so viele Likes bringt.

Fallstudie 7:

Herr Gruber und der Schrittzähler-Wettkampf

Herr Gruber war ein regelmäßiger Gast und ein absoluter Pedant, wenn es um seine Schrittzahl ging. Er trug nicht nur einen, sondern gleich zwei Fitness-Tracker an jedem Handgelenk, um auch ja keine einzige Bewegung zu verpassen. Sein Ziel für den Aufenthalt: 30.000 Schritte am Tag, mindestens! Er war besessen davon, der "König der Schritte" im Hotel zu sein.

Eines Abends sah ich ihn im Hotelflur. Es war schon spät, die Gänge waren leer. Und Herr Gruber lief. Nicht zum Zimmer, nicht zum Speisesaal. Er lief einfach im Kreis. Immer und immer wieder, mit einem verbissenen Ausdruck im Gesicht. Als ich ihn ansprach, zuckte er zusammen. "Volkmar!", flüsterte er, als wäre er bei einer verbotenen Handlung ertappt worden. "Mir fehlen noch 1.500 Schritte bis zu meinem Tagesziel! Und ich muss den Herrn Schmidt schlagen, der hatte gestern 29.800! Man lebt ja nur einmal, und da muss man seine Ziele auch erreichen!" Ich nickte stumm und fragte mich, ob ein Mensch, der um Mitternacht im Hotelflur Kreise läuft, um eine Zahl auf einem Display zu manipulieren, wirklich "gesund lebt". Am nächsten Morgen sah ich Herrn Gruber im Frühstückssaal. Er humpelte leicht, aber sein Gesicht strahlte. "30.005 Schritte!", verkündete er stolz. "Ich habe ihn!" Manchmal fühlt sich der Sieg über eine Zahl bitterer an als eine Niederlage.

Fallstudie 8:

Die Familie Müller und das "Clean Eating"-Chaos

Familie Müller kam mit drei Kindern und einer eisernen "Clean Eating"-Philosophie. Das hieß: kein Zucker, kein Weißmehl, keine Zusatzstoffe, am besten alles roh und unverarbeitet. Das Hotelpersonal war schnell am Rande der Verzweiflung. Beim Frühstück wurde jedes Müsli auf seine Zutatenliste geprüft, jedes Brot kritisch beäugt. Die Kinder durften keine Cornflakes essen, sondern nur selbst mitgebrachte Haferflocken.

Das wahre Drama spielte sich jedoch am Kindertisch ab. Während die Eltern ihre sorgfältig zubereiteten Gemüse-Sticks knabberten, saßen die drei Sprösslinge mit langen Gesichtern da. Eines Abends erwischte ich den jüngsten Müller-Spross (circa sechs Jahre alt) im Spielzimmer, wie er heimlich an einer Packung Gummibärchen knabberte, die er unter seinem T-Shirt versteckt hielt. Seine Augen waren weit aufgerissen vor Angst und Genuss zugleich. "Bitte, Volkmar", flehte er, mit Gummibärchenresten im Mundwinkel. "Sagen Sie nichts meinen Eltern! Das ist meine Nervennahrung!" Ich schmunzelte und versprach, nichts zu verraten. Manchmal ist die größte Sünde der Mangel an Freude, und die beste Ernährung die, die von Herzen kommt – und manchmal auch aus einer heimlichen Gummibärchenpackung.

Fallstudie 9:

Frau Dr. Weber und die Quantified-Self-Krise

Frau Dr. Weber war eine absolute Verfechterin des "Quantified Self". Sie maß alles: ihre Schlafphasen, ihre Herzfrequenzvariabilität, ihre Blutzuckerwerte (trotz Nicht-Diabetes), ihre Stimmungsschwankungen per App und die Luftfeuchtigkeit in ihrem Zimmer. Ihr Laptop war ihr persönliches Gesundheitslabor.

Eines Tages kam sie völlig aufgelöst zu mir. "Volkmar, ich verstehe das nicht! Meine App sagt, meine Herzfrequenzvariabilität ist heute Morgen 0,001 % niedriger als gestern! Und meine Tiefschlafphase war um exakt 3 Minuten und 47 Sekunden kürzer! Was bedeutet das? Bin ich krank? Sterbe ich?" Ich versuchte sie zu beruhigen und erklärte, dass minimale Schwankungen normal seien und das Leben keine exakte Wissenschaft ist. Doch sie war nicht zu trösten. Sie zeigte mir endlose Tabellen und Kurven, die ihr den letzten Nerv raubten. Am Ende verschrieb ich ihr keine Massage, sondern einen Digital Detox – oder zumindest, ihr Handy mal für einen Tag auszuschalten. Manchmal ist weniger Wissen über sich selbst tatsächlich mehr. Die Besessenheit, alles zu messen, führt oft nur zu mehr Angst.

Gesundheitsfragen, die man besser nicht stellt (aber trotzdem ständig gestellt bekommt)

Lieber Leser, in meinem abwechslungsreichen Leben als Masseur im idyllischen Bayerischen Wald habe ich schon viele Dinge gehört. Geständnisse über heimlich verzehrte Schokolade, Klagen über unnachgiebige Schwiegermütter und natürlich – zuhauf – Fragen, bei denen man sich unweigerlich fragt: Muss das jetzt wirklich sein? Die moderne Obsession mit der Gesundheit hat nämlich dazu geführt, dass wir uns und anderen Fragen stellen, die früher nur in den dunkelsten Ecken eines Hypochonder-Forums gestellt wurden. Und das Schlimmste: Man erwartet eine ernsthafte Antwort! Manchmal fühle ich mich wie ein Beichtvater, der für jede Absolution auch eine Prise gesunden Menschenverstand verschreiben müsste. Denn diese Fragen sind selten von rationaler Natur. Sie sind vielmehr Symptome einer Zeit, in der jeder von uns zum selbsternannten Bio-Hacker mutiert ist, der seinen Körper bis ins letzte Molekül analysieren will. Und das ist in etwa so sinnvoll, wie einen Elefanten mit einer Pinzette operieren zu wollen.

"Ist das noch Bio-Bio-Bio oder nur noch Bio-logisch?"

Diese Frage höre ich oft, wenn es um das Thema Ernährung geht. Nicht nur in den sozialen Medien, sondern auch direkt im Speisesaal unseres Hotels. Eine Dame fragte mich neulich allen Ernstes, ob die Karotten im Salat wirklich Bio-Qualität hätten, oder ob sie nur konventionell angebaute Bio-Karotten seien. Ich musste mich beherrschen, nicht zu fragen, ob sie jede Karotte auch mit einem Spektrometer auf ihre innere Reinheit überprüft.

Der Punkt ist doch: Irgendwann ist Schluss mit der Detektivarbeit. Wenn eine Karotte aussieht wie eine Karotte und schmeckt wie eine Karotte, dann ist es wahrscheinlich eine Karotte. Aber nein, wir müssen heute wissen, ob sie auf Erde gewachsen ist, die von glücklichen Regenwürmern umgegraben wurde, die sich von zertifizierten Bio-Blättern ernährt haben. Man fragt sich, ob der Aufwand des Nachfragens und die mentale Belastung durch die Suche nach der ultimativen "Bio-Reinheit" nicht ungesünder sind als die Karotte selbst. Man wird zum Lebensmittel-Sherlock Holmes, der hinter jedem Apfel eine Verschwörung wittert. Dabei sollte Essen doch einfach nur Freude bereiten und satt machen, nicht eine philosophische Debatte auslösen.

"Habe ich heute schon genug Wasser getrunken, oder bin ich bereits dehydriert und merke es nur nicht?"
Ein absoluter Klassiker, den ich besonders häufig höre. Leute sitzen vor mir auf dem Massagetisch, halten einen Liter Mineralwasser in der Hand und starren sorgenvoll auf die Flasche. "Volkmar", fragt dann jemand mit zitternder Stimme, "ich habe jetzt seit drei Stunden nichts getrunken. Bin ich schon am Austrocknen? Meine Lippen fühlen sich ein bisschen trocken an, könnte das ein Symptom sein?"
Meine Güte! Früher hat man getrunken, wenn man Durst hatte. Das war die einfache, intuitive Methode. Heute muss

man einen Wasserkonsum-Tracker führen, am besten noch mit einer App, die dich alle halbe Stunde ans Trinken erinnert, als wärst du ein kleines Kind. Und wenn man dann mal vergisst, die exakt vorgeschriebene Menge an H2O zu sich zu nehmen, bricht gleich Panik aus. Man malt sich aus, wie die Nieren versagen, die Haut schrumpft und das Gehirn zu Rosinen wird. Dabei ist unser Körper ein kleines Wunderwerk der Anpassung. Er sagt uns schon, wenn er Durst hat. Man muss nur hinhören. Aber nein, wir vertrauen lieber einer App als unserem eigenen Organismus. Es ist wie der Versuch, eine Uhrzeit zu erraten, obwohl man eine Armbanduhr trägt. Völlig unnötig und nur für zusätzliche Verwirrung gut.

"Muss ich mich jetzt schämen, weil ich heute nicht trainiert habe?"
Diese Frage kommt meist in der Form eines Seufzers oder eines schuldbewussten Blicks. Besonders nach einem Wochenende oder einem Feiertag. "Volkmar, ich habe mich heute einfach nicht aufraffen können. Bin ich jetzt ein schlechter Mensch? Mein Fitness-Tracker hat mich den ganzen Tag gemahnt, aber ich habe ihn ignoriert. Ich fühle mich so schuldig!"
Schuldig? Wegen eines Tages ohne Training? Die moderne Sport-Diktatur hat es geschafft, uns einzureden, dass jeder Tag, an dem wir nicht schwitzen und uns nicht bis zur Erschöpfung quälen, ein verlorener Tag ist. Das ist doch absurd! Unser Körper braucht auch mal Ruhe, Regeneration, oder einfach nur einen Tag, an dem er nicht wie eine

Hochleistungsmaschine behandelt wird. Aber nein, das schlechte Gewissen nagt. Man wird dazu erzogen, sich für Inaktivität zu schämen, obwohl Faulenzen manchmal die beste Medizin ist. Es ist wie der Bäcker, der sich schuldig fühlt, weil er an seinem freien Tag keinen Kuchen gebacken hat. Man hat das Recht auf Müßiggang, aber die Gesellschaft scheint uns das abtrainieren zu wollen.

"Ist dieses leichte Ziehen im kleinen Zeh das erste Anzeichen für eine seltene Tropenkrankheit, die ich mir beim letzten Thailand-Urlaub eingefangen habe?"
Ah, die Königsklasse der Hypochondrie, verstärkt durch das Internet! Früher hat man bei einem Ziehen im Zeh gedacht: "Hm, falscher Schuh." Heute? Heute googelt man. Und das Internet, diese unendliche Quelle des Halbwissens und der Panikmache, liefert sofort 500 mögliche Krankheiten, von denen 499 absolut unwahrscheinlich sind, aber trotzdem Herzrasen verursachen.
Ich hatte mal einen Herrn, der erzählte mir mit ernster Miene, er hätte seit einer Woche ein leichtes Zucken unter dem linken Augenlid. Er hatte schon alle möglichen Internetforen durchforstet und war sich sicher, dass es sich um eine degenerative Nervenkrankheit handeln müsse, die seinen Körper langsam, aber sicher in einen Wackelpudding verwandeln würde. Ich schlug ihm vor, einfach mal eine Nacht ordentlich durchzuschlafen und den Kaffee zu reduzieren. Eine Woche später kam er wieder und berichtete erleichtert, das Zucken sei verschwunden. Manchmal ist die einfachste

Erklärung die richtige, aber die Angst vor dem "Worst Case-Szenario" ist so groß, dass wir uns lieber verrückt machen, als mal Fünfe gerade sein zu lassen. Man ist sein eigener Diagnostiker und verliert dabei völlig den Blick für die Realität.

Was Influencer sagen... aber wirklich meinen

Lieber Leser, wenn ich mich in meinen Massageraum zurückziehe und die Tür hinter mir schließe, dann ist das oft auch eine Tür zu einer anderen Welt. Draußen, in der Lobby des Hotels, auf den Laufbändern im Fitnessbereich oder gar auf den Bildschirmen der Gäste, die ihre Mittagspause mit digitaler Berieselung füllen, wimmelt es nur so von ihnen: Den Influencern. Diese modernen Propheten, die uns von den Bergen des Internets herab Weisheiten zur gesunden Lebensführung verkünden.

Sie sind jung, sie sind schön, und sie haben immer das perfekte Licht. Sie halten einen grünen Smoothie in die Kamera, während im Hintergrund ein azurblaues Meer glitzert, und erzählen uns mit einer Stimme, die vor lauter Glückseligkeit beinahe zerspringt, wie einfach es doch ist, das Leben in vollen Zügen zu genießen. Manchmal frage ich mich, ob die überhaupt noch atmen müssen, oder ob sie einfach von der puren Existenz der Likes genährt werden. Aber nimm es mir nicht übel, ich bin da etwas skeptisch. Ich habe in meinem Leben schon zu viele Dinge auf der Goldwaage des gesunden Menschenverstands gewogen, um all dem ungefiltert Glauben zu schenken. Und du wirst sehen, wenn man mal genauer hinhört, dann steckt hinter dem wohlklingenden Marketing-Sprech oft eine ganz andere Botschaft.

"Ich teile heute meine Morgenroutine mit euch – für einen perfekten Start in den Tag!"

Was sie sagen: "Guten Morgen, meine Lieben! Um 5 Uhr aufstehen, eine Stunde Meditation in der Morgendämmerung, dann 30 Minuten Power-Yoga, gefolgt von einem selbstgemachten Superfood-Smoothie mit Chlorella, Spirulina und Maca. Das ist mein Geheimnis für Energie und Fokus!"

Was sie wirklich meinen: "Um 5 Uhr hat mein Wecker geklingelt, und ich habe ihn dreimal in die Ecke geschleudert. Die 'Meditation' war ein verzweifelter Versuch, nicht an die unerledigten E-Mails zu denken, und beim Yoga wäre ich fast vom Kissen gefallen, weil ich noch halb geschlafen habe. Der Smoothie schmeckt wie nasser Rasen, kostet ein Vermögen und verursacht Blähungen, aber er sieht auf Instagram einfach fantastisch aus. Und ja, ich bin fix und fertig, aber Hauptsache, ihr glaubt, mein Leben ist perfekt. Ach ja, und ich werde mich gleich nach diesem Video wieder ins Bett kuscheln, aber das sieht ja keiner!" Es ist, als würde man ein Hochglanzmagazin aufschlagen und glauben, dass die Models wirklich mit perfektem Make-up und ohne Schweißflecken aus dem Bett fallen.

"Hört auf euren Körper! Er weiß, was gut für euch ist."

Was sie sagen: "Intuitive Ernährung ist der Schlüssel! Hört auf euren Körper, esst, was euch guttut, und vertraut auf eure inneren Signale. Kein Kalorienzählen, kein Zwang – einfach nur pure Achtsamkeit beim Essen!"

Was sie wirklich meinen: "Hört auf euren Körper, solange er euch sagt, dass er Grünkohl-Smoothies und gegrillten Tofu will. Aber wehe, er flüstert euch zu: 'Heute eine ganze Tafel Schokolade und eine große Pizza!' Dann ist der Körper plötzlich ein Lügner, dem man nicht trauen kann. Dann muss er mit eiserner Disziplin wieder auf den Pfad der Tugend zurückgeführt werden, notfalls mit einem Detox-Shake. Das ist wie einem Kind zu sagen: 'Such dir aus, was du essen möchtest!', und dann nur Brokkoli und Spinat anzubieten. Die freie Wahl ist nur dann frei, wenn sie ins Konzept passt."

"Investiert in euch selbst – denn eure Gesundheit ist euer wertvollstes Gut!"

Was sie sagen: "Gönnt euch diesen Luxus-Workshop für mentale Stärke, kauft dieses sündhaft teure Fitness-Gerät, abonniert meine Premium-App für personalisiertes Coaching! Es ist eine Investition in eure Zukunft!"

Was sie wirklich meinen: "Kauft, kauft, kauft! Je mehr ihr für mein überteuertes Coaching, meine nutzlosen Gadgets und meine fragwürdigen Nahrungsergänzungsmittel ausgebt, desto reicher werde ich! Eure 'Gesundheit' ist mein Geschäft, und je mehr ihr euch unter Druck setzt, desto mehr Produkte kann ich euch andrehen. Die wahre Investition ist nicht in eure Gesundheit, sondern in mein Bankkonto. Es ist wie der Glücksspielberater, der dir sagt, du sollst immer weiter spielen, weil "die nächste Runde dein Glück bringen könnte" – nur dass hier das Glück bei ihm landet."

"Jede Reise beginnt mit dem ersten Schritt – sei geduldig mit dir selbst!"

Was sie sagen: "Es ist in Ordnung, wenn es mal langsam geht. Kleine Schritte führen auch zum Ziel. Habt Nachsicht mit euch und lasst euch nicht entmutigen!"

Was sie wirklich meinen: "Ja, sei geduldig – aber nur, bis du mein nächstes '30-Tage-Express-Transformationsprogramm' buchen kannst, das dir verspricht, in einem Monat den Körper eines Models zu haben! Die Geduld ist nur eine Übergangsphase, bevor der nächste Turbo gezündet wird. Und wenn es dann doch nicht so schnell klappt, wie ich es dir versprochen habe? Nun, dann warst du eben nicht geduldig genug. Es ist wie ein Wanderführer, der dir sagt, du sollst gemütlich gehen, dir aber heimlich die ganze Zeit die Sporen gibt, weil er noch pünktlich zum Abendessen will."

"Authentizität ist mir super wichtig. Ich zeige euch mein echtes Leben – mit allen Höhen und Tiefen!"

Was sie sagen: "Hier seht ihr mich mal ungeschminkt, im Schlafanzug, mit einem Pickel auf der Stirn! Das ist das echte Leben! Ich bin auch nur ein Mensch und zeige euch alle Seiten von mir."

Was sie wirklich meinen: "Hier seht ihr mich angeblich ungeschminkt, aber in Wahrheit habe ich nur eine extrem teure BB-Cream und den 'No-Make-up-Make-up'-Look drauf, den ich drei Stunden lang perfektioniert habe. Der Pickel ist strategisch platziert und wird in zehn Minuten retuschiert. Ich zeige euch nur die Tiefen, die ich kontrollieren kann und die mich menschlich und nahbar wirken lassen, ohne mein makelloses Image zu zerstören. Die echten Tiefen, die bleiben natürlich privat. Es ist wie ein Magier, der dir seinen 'Trick' verrät, aber nur einen Teil davon, damit du nicht dahinterkommst."

Die traurige Wahrheit hinter den Erfolgsgeschichten:

Wenn das Leben kein Instagram-Filter ist

Lieber Leser, wir alle kennen sie: die strahlenden Gesichter auf Instagram, die uns mit Sixpack und Grünkohl-Smoothie entgegenlächeln. Die inspirierenden Geschichten von Menschen, die sich "neu erfunden" haben und jetzt angeblich ein perfektes Leben führen. Die Werbung für Wunderpillen und Diät-Programme, die uns versprechen, dass der Weg zum Glück nur einen Klick entfernt ist.

Doch als Ihr Masseur, der täglich mit den realen Verspannungen und seelischen Belastungen seiner Mitmenschen zu tun hat, muss ich Ihnen sagen: Das Leben ist kein Instagram-Filter. Hinter den scheinbar makellosen Fassaden verbergen sich oft Entbehrungen, Kosten und ein psychischer Druck, der alles andere als gesund ist. Es ist an der Zeit, die Dinge beim Namen zu nennen und die traurige, aber auch befreiende Wahrheit zu enthüllen.

Die Wahrheit über das Sixpack: Hunger, Verzicht und kein Bier!

Was uns gezeigt wird: Männer und Frauen mit Waschbrettbäuchen, die am Strand posieren und scheinbar mühelos ihre Fitness zelebrieren. "Das kannst du auch schaffen!", flüstern die Marketingbotschaften.

Die traurige Wahrheit: Ein Sixpack ist selten das Ergebnis eines ausgewogenen, glücklichen Lebens. Es ist meist das Ergebnis extremer Diäten, oft mit einem Körperfettanteil, der für den Alltag kaum gesund ist. Es bedeutet ständigen Verzicht auf viele Genüsse, die das Leben lebenswert machen. Keine Pizza, kein Kuchen, kein entspanntes Bier mit Freunden. Stattdessen gibt es akribisch abgewogene Mahlzeiten, meist bestehend aus Hähnchenbrust, Brokkoli und Reis. Und das alles oft nur für ein paar Wochen im Jahr, bevor der Körper rebelliert und der "Jo-Jo-Effekt" gnadenlos zuschlägt. Die Wahrheit ist: Viele dieser perfekten Körper sind nur für einen kurzen Moment vor der Kamera so definiert – und der Weg dorthin ist oft von Heißhunger, schlechter Laune und sozialer Isolation geprägt.

Die Wahrheit über die "Detox-Säfte":
Teuer, hungrig und unnötig!

Was uns gezeigt wird: Strahlende Menschen, die morgens mit einem bunten Saft aus Sellerie und Algen in den Tag starten und sich danach "gereinigt" und "voller Energie" fühlen.

Die traurige Wahrheit: Die meisten Detox-Säfte sind unverschämt teuer und versprechen Wundereffekte, die wissenschaftlich nicht haltbar sind. Dein Körper hat bereits hochleistungsfähige Entgiftungsorgane: Leber und Nieren. Sie arbeiten 24 Stunden am Tag, sieben Tage die Woche, ohne dass du dafür 10 Euro pro Flasche ausgeben musst. Eine Saftkur führt in erster Linie zu Hunger, schlechter Laune und einem dauernden Gang zur Toilette. Die angepriesene "Energie" ist oft nur der kurzfristige Zuckerschub aus den Früchten, gefolgt von einem Absturz. Und wenn man nach drei Tagen Saftdiät wieder anfängt zu essen, sind die "verlorenen Kilos" schneller wieder drauf, als man "Bio-Apfelessig" sagen kann.

Die Wahrheit über Social Media Fitness-Gurus: Filter, Licht und eine Menge Druck!

Was uns gezeigt wird: Influencer, die scheinbar mühelos jeden Tag zwei Stunden im Gym verbringen, dabei immer perfekt gestylt sind und nach dem Workout strahlend in die Kamera lächeln.

Die traurige Wahrheit: Hinter jedem dieser "spontanen" Posts stecken oft Stunden der Vorbereitung: perfektes Licht, der richtige Winkel, Dutzende von Versuchen für das eine perfekte Foto. Viele dieser Influencer leben vom Sport und können sich das intensive Training leisten – etwas, das für einen Normalsterblichen mit Job, Familie und anderen Verpflichtungen kaum zu stemmen ist. Die "Authentizität" ist oft inszeniert, die "Motivation" kommt vom Werbevertrag, und der Druck, ständig perfekt zu sein, führt bei den Influencern selbst oft zu Burnout, Essstörungen und Depressionen. Was wir sehen, ist eine stark gefilterte Realität, die uns das Gefühl gibt, nicht gut genug zu sein.

Die Wahrheit über die "Work-Life-Balance":

Ein unerreichbares Ideal?

Was uns gezeigt wird: Menschen, die scheinbar mühelos Karriere machen, eine glückliche Familie haben, täglich Sport treiben, sich weiterbilden und dabei immer entspannt und ausgeglichen wirken.

Die traurige Wahrheit: Die perfekte Work-Life-Balance ist oft ein unerreichbares Ideal, das uns zusätzlich unter Druck setzt. Wir hetzen von einem Termin zum nächsten, versuchen, alle Rollen perfekt zu erfüllen, und sind am Ende völlig erschöpft. Der ständige Kampf, alles gleichzeitig unter Kontrolle zu haben, führt nicht zu mehr Gelassenheit, sondern zu chronischem Stress und dem Gefühl, ständig zu versagen. Die Wahrheit ist: Das Leben ist oft chaotisch, unvorhersehbar und voller Kompromisse. Und das ist völlig in Ordnung! Manchmal ist die größte Balance, einfach mal nicht nach Balance zu streben.

**Die Wahrheit über "intuitive Ernährung":
Der innere Schweinehund hat keine Diät gelesen!**

Was uns gezeigt wird: Menschen, die glücklich und frei essen, worauf sie Lust haben, und dabei angeblich ihr Idealgewicht halten, weil sie "auf ihren Körper hören".

Die traurige Wahrheit: "Intuitiv" zu essen, klingt wunderbar befreiend. Aber für viele von uns ist die "Intuition" durch jahrelange Gewohnheiten, Stress und Emotionen so verbogen, dass sie uns direkt zum Kühlschrank führt, sobald wir uns unwohl fühlen. Der innere Schweinehund hat leider keine Ernährungsstudien gelesen und ist selten am Brokkoli interessiert, wenn eine Tüte Chips lockt. Die Wahrheit ist: Für viele Menschen erfordert es Disziplin und Bewusstsein, wirklich gesunde Entscheidungen zu treffen, und "Intuition" allein ist oft keine Garantie für Wohlbefinden, sondern kann schnell in ungezügelten Genuss abrutschen, gefolgt von Reue.

**Die Wahrheit über das "Bio"-Siegel:
Wenn die Moral mehr kostet als die Tomate!**

Was uns gezeigt wird: Strahlendes Gemüse, glückliche Kühe, und ein Bauer mit ehrlichem Lächeln, der uns versichert, dass sein Produkt "rein" und "nachhaltig" ist – natürlich mit dem obligatorischen Bio-Siegel.

Die traurige Wahrheit: Ja, Bio ist oft besser. Aber manchmal ist es auch einfach nur eine Lizenz zum Gelddrucken, verpackt in ein grünes Etikett. Dieselbe Tomate, die beim konventionellen Bauern nebenan die Hälfte kostet, wird im Bio-Laden plötzlich zum Luxusgut, weil sie mit dem richtigen Siegel versehen ist. Und oft genug kommen die "Bio"-Produkte dann doch aus Übersee, haben eine längere Reise hinter sich als Sie selbst im letzten Jahr und verursachen einen ökologischen Fußabdruck, der so groß ist wie der Yeti. Die Moral der Geschichte? Nicht jedes Siegel macht glücklich, und manchmal ist der gute alte Apfel vom regionalen Bauern ohne Hochglanz-Siegel die gesündere (und ehrlichere) Wahl für den Geldbeutel und die Umwelt.

Die Wahrheit über die "Achtsamkeits-Gurus": Das Geschäftsmodell der Entspannung!

Was uns gezeigt wird: Menschen in fließenden Gewändern, die uns mit sanfter Stimme erklären, wie wir durch Meditation und bewusstes Atmen zu innerem Frieden finden – und dabei selbst die Verkörperung der Ruhe sind.

Die traurige Wahrheit: Die "Suche nach der inneren Mitte" ist längst zu einem blühenden Geschäftsmodell geworden. Achtsamkeits-Retreats kosten ein Vermögen, die Meditations-Apps verlangen Abonnements, und der Guru selbst fährt oft einen Sportwagen, der weniger "achtsam" mit dem Sprit umgeht. Der "innere Frieden" wird zum Produkt, das man kaufen muss. Und wer sich die Kurse oder die teuren Klangschalen nicht leisten kann, fühlt sich schnell ausgeschlossen und noch gestresster, weil er scheinbar unfähig ist, diesen "einfachen" Zustand der Ruhe zu erreichen. Manchmal ist die beste Achtsamkeit, sich einfach mal nicht mit einem weiteren Seminar zu belasten.

Die Wahrheit über die "Workshops zur Selbstliebe": Wenn die Selbstoptimierung zur Selbstgeißelung wird!

Was uns gezeigt wird: Fröhliche Gruppen, die sich gegenseitig Mut machen und lernen, sich selbst zu akzeptieren und zu lieben – angeleitet von einem Coach, der angeblich den Weg zur ultimativen Selbstverwirklichung gefunden hat.

Die traurige Wahrheit: Viele dieser Workshops, die uns zur "Selbstliebe" anleiten sollen, enden oft in einer weiteren Form der Selbstoptimierung. Man bekommt eine Checkliste, wie man sich "richtig" lieben muss: Genügend Schlaf, die richtige Ernährung, positive Affirmationen, keine negativen Gedanken. Wer das nicht schafft, liebt sich eben nicht genug – und darf dann gleich den nächsten, noch teureren Workshop buchen. Die Ironie ist: Anstatt die Imperfektionen zu akzeptieren, werden sie oft nur durch eine neue Liste von "Muss ich noch erreichen, um mich selbst zu lieben"-Punkten ersetzt. Wahre Selbstliebe kommt oft nicht aus einem teuren Workshop, sondern aus dem Mut, sich einfach mal so zu akzeptieren, wie man ist – unperfekt und menschlich.

**Die Wahrheit über die "Wissenschaftliche Evidenz":
Wenn Studien flexibel werden!**

Was uns gezeigt wird: Beeindruckende Grafiken und Zitate aus
Studien, die beweisen sollen, dass das neue Superfood XY
oder die Trainingsmethode Z das Nonplusultra für die
Gesundheit ist.

Die traurige Wahrheit: Im Bereich Gesundheit und Wellness
werden Studien oft so interpretiert oder zitiert, wie es gerade
ins Marketingkonzept passt. Eine winzige Studie an zehn
Mäusen wird zur bahnbrechenden Entdeckung hochstilisiert.
Interessenskonflikte werden verschwiegen, und die
"wissenschaftliche Evidenz" dient oft nur als Deckmantel für
kommerzielle Interessen. Plötzlich ist Schokolade gesund
(wegen der Antioxidantien), dann wieder böse (wegen des
Zuckers). Die Wahrheit ist: Wissenschaft ist komplex, und
einzelne Studien sind selten die ganze Wahrheit. Ein gesunder
Menschenverstand und eine Portion Skepsis sind oft mehr
wert als jede "bahnbrechende Studie", die dir das Blaue vom
Himmel verspricht.

Mythen rund um den Gesundheits- und Fitnesswahnsinn:

Märchenstunden für Mündige

Lieber Leser, wir leben in einer Zeit, in der Information im Überfluss vorhanden ist. Man könnte meinen, das wäre ein Segen. Aber oft ist es ein Fluch. Denn mit jeder neuen Studie, jedem neuen Guru und jedem neuen Trend entsteht ein Schwung an Mythen, die sich hartnäckiger halten als ein Kaugummi unter dem Schuh. Diese Märchen werden uns als absolute Wahrheiten verkauft, und wehe, du wagst es, sie infrage zu stellen! Dann bist du der Unwissende, der Ewiggestrige, derjenige, der die Zeichen der Zeit nicht erkannt hat.

Ich habe sie alle gehört, diese Geschichten. Von der wundersamen Wirkung eines bestimmten Tees bis zur angeblichen Notwendigkeit, jeden Tag einen Handstand zu machen, um die Darmtätigkeit anzuregen. Manchmal fühle ich mich wie ein Bibliothekar in einer überfüllten Bücherei, in der die Hälfte der Bücher Fabeln sind, aber niemand es merkt. Es ist an der Zeit, ein paar dieser Mythen genüsslich zu entlarven, denn oft steckt dahinter nichts als heiße Luft, viel Marketing und ein bisschen Aberglaube.

Mythos 1:
"Man muss mindestens 8 Gläser Wasser am Tag trinken, sonst trocknet man aus wie eine Rosine."

Dieser Mythos ist so alt wie die Berge und so weit verbreitet wie der Schnupfen im Winter. Überall hört man es: Acht Gläser Wasser! Mindestens! Sonst kollabieren die Nieren, das Gehirn schrumpft und die Haut wird zu Pergament. Und wehe, du bist mal eine Stunde ohne Flasche unterwegs, dann droht die sofortige Dehydration!

Die Wahrheit ist: Unser Körper ist keine Maschine, die man nach einem starren Fahrplan mit Flüssigkeit versorgen muss. Er ist ein Wunderwerk der Natur, das uns Durst signalisiert, wenn er Flüssigkeit braucht. Mal ganz ehrlich: Trinkst du auch akribisch acht Gläser, wenn es draußen regnet und kalt ist, oder wenn du den ganzen Tag im Büro sitzt? Wahrscheinlich nicht! Und bist du deswegen schon mal wie eine Trockenpflaume zusammengefallen? Wohl kaum! Die meisten Menschen bekommen genug Flüssigkeit über ihre normale Ernährung und indem sie trinken, wenn sie Durst haben.

Diesen Mythos am Leben zu erhalten, führt nur dazu, dass man sich schuldig fühlt, wenn man mal nicht ständig am Glas hängt, oder dass man sich bei einem Arztbesuch fast genötigt fühlt, diese Frage in den Raum zu werfen, um nicht als verantwortungslos dazustehen. Es ist wie das Gerücht, dass schwarze Katzen Unglück bringen – völlig unbegründet, aber viele glauben es trotzdem.

Mythos 2:
"Detox-Kuren reinigen den Körper von gefährlichen Giftstoffen und Schlacken."

Ein ganz besonders hartnäckiger Zeitgenosse unter den Mythen ist die Vorstellung, unser Körper sei eine Art Müllhalde, die regelmäßig von außen "gereinigt" werden muss. Mit Säften, Pulvern, speziellen Tees oder gar den bereits erwähnten Einläufen. Die bösen Schlacken müssen raus! Die gemeinen Giftstoffe müssen vertrieben werden!

Lieber Leser, lass es mich als erfahrenen Masseur, der schon so manchen Körper von außen kennt, ganz klar sagen: Das ist Unsinn hoch drei. Unser Körper hat wunderbar funktionierende Organe wie die Leber und die Nieren, die sich ganz von selbst um die Entgiftung kümmern. Die arbeiten 24 Stunden am Tag, sieben Tage die Woche, ohne dass wir uns dafür mit teuren Wundermitteln quälen müssen. Wenn dein Körper wirklich so voller "Giftstoffe" wäre, wie es die Detox-Gurus behaupten, dann wärst du nicht hier, um dieses Buch zu lesen, sondern lägst längst auf der Intensivstation! Diesen Mythos am Leben zu erhalten, dient einzig und allein dazu, teure Produkte zu verkaufen und uns einreden, wir seien unrein und müssten uns von unseren Sünden – äh, ich meine, von unseren Giften – befreien. Es ist wie der Versuch, eine saubere Windschutzscheibe mit Scheibenreiniger zu säubern, obwohl sie schon blitzblank ist. Natürlich spricht nichts gegen Fastenkuren oder Basenfasten. Sie dienen als Ergänzung. Ich spreche von dem Mythos, dass der Körper ohne spezielle Detox-Kuren nicht selbst entgiftet.

Mythos 3:
"Je mehr Sport, desto besser – und wenn's nicht weh tut, hat's nichts gebracht!"

Dieser Mythos ist der heimliche Leitspruch vieler Sport-Enthusiasten und führt oft direkt in meine Massagezimmer – mit schmerzverzerrten Gesichtern und Muskelfaserrissen. Die Überzeugung, dass man sich beim Training bis an die absolute Grenze quälen muss und dass Schmerz ein untrügliches Zeichen für Fortschritt ist. "No pain, no gain!", brüllen sie sich dann zu, während ihnen die Schweißperlen von der Stirn tropfen.

Ich sage dir: Schmerz ist ein Warnsignal des Körpers, kein Erfolgskriterium! Wenn es wehtut, dann sagt dir dein Körper, dass du aufhören oder etwas anders machen sollst. Permanent über die Grenzen zu gehen, führt nicht zu mehr Gesundheit, sondern zu Verletzungen, Übertraining und im schlimmsten Fall zu einem Burnout. Man muss nicht jedes Training mit einem Muskelkater beenden, der einen daran hindert, sich anzuziehen. Man muss auch nicht jeden Lauf mit einem Gefühl beenden, als hätte man gerade einen Marathon mit einem Rucksack voller Steine absolviert. Moderater Sport, der Spaß macht und regelmäßig betrieben wird, ist viel gesünder und nachhaltiger als diese Leistungstortur. Es ist wie der Irrglaube, dass man nur dann ein guter Koch ist, wenn man sich beim Schnippeln jedes Mal in den Finger schneidet. Völlig unnötig und kontraproduktiv.

Mythos 4:
"Gluten ist für jeden schädlich und muss aus dem Speiseplan gestrichen werden."

Ein relativ neuer, aber umso populärerer Mythos: Gluten ist der Teufel! Überall liest man von glutenfreier Ernährung, selbst wenn man keine Zöliakie hat. Plötzlich sind Brot, Nudeln und Müsli die Feinde unserer Gesundheit, und der Verzicht darauf soll zu mehr Energie, einer besseren Verdauung und einem klareren Kopf führen.

Die bittere Wahrheit ist: Für die allermeisten Menschen ist Gluten völlig unbedenklich. Nur ein sehr geringer Prozentsatz der Bevölkerung leidet unter Zöliakie oder einer tatsächlichen Glutenunverträglichkeit. Für alle anderen ist der Verzicht auf Gluten oft nicht nur unnötig, sondern kann sogar zu einem Mangel an Ballaststoffen und wichtigen Nährstoffen führen. Und Hand aufs Herz: Glutenfreie Produkte schmecken oft wie Pappe und kosten das Doppelte! Man verzichtet freiwillig auf Genuss und Geld, nur weil ein Influencer gesagt hat, Gluten sei böse. Das ist doch wie der Aberglaube, dass man sich vor Vampiren mit Knoblauch schützen muss – obwohl man gar keinen Grund dazu hat. Ein Mythos, der eine ganze Industrie befeuert und viele Menschen unnötig verunsichert.

Mythos 5:
"Superfoods sind die Wunderwaffe für Gesundheit und Langlebigkeit."

Ach, die Superfoods! Wir haben sie ja schon im Diät-Wahnsinn gestreift, aber sie verdienen es, hier noch einmal als Mythos entlarvt zu werden. Goji-Beeren, Acai, Chlorella, Spirulina – die Liste der exotischen Wundermittel ist lang und wird ständig erweitert. Sie sollen uns vor Krankheiten schützen, die Jugend bewahren und uns mit Vitalität nur so strotzen lassen. Die ernüchternde Wahrheit ist: Es gibt keine "Superfoods". Es gibt einfach nur gesunde Lebensmittel. Eine heimische Heidelbeere hat oft ähnliche oder sogar bessere Nährwerte als eine teure Acai-Beere, die um die halbe Welt geflogen wurde. Ein ganz normaler Apfel oder eine Portion Brokkoli versorgen uns mit allem, was wir brauchen, ohne dass wir dafür ein Vermögen ausgeben müssen. Der Mythos der Superfoods dient in erster Linie dazu, uns das Gefühl zu geben, etwas Besonderes und Exklusives für unsere Gesundheit zu tun, während die wahren Superhelden der Ernährung – Obst, Gemüse, Vollkornprodukte – unbemerkt im Hintergrund arbeiten. Es ist wie der Glaube, dass ein teurer Zauberstab einen besseren Zauber wirkt als ein ganz normaler Ast. Am Ende kommt es auf die Magie in dir selbst an, nicht auf das Werkzeug.

Sprüche, die nicht stimmen, einem aber ein Gefühl von Sicherheit geben:
Wenn Worte die Realität vernebeln

Lieber Leser, in meiner Zeit hier im bayerischen Wellnesshotel, zwischen Saunaaufgüssen und Moorpackungen, habe ich gelernt: Der Mensch liebt Gewissheiten. Er braucht kleine Weisheiten, die ihm durch den Tag helfen, selbst wenn diese Weisheiten so wief sind wie ein feuchter Händedruck. Und nirgendwo ist das so deutlich wie im Bereich der Gesundheit. Da wird einem ein Spruch um die Ohren gehauen, der klingt wie eine alte Bauernregel, aber bei genauerem Hinsehen so viel Substanz hat wie eine Diät-Limonade.

Manchmal fühle ich mich wie ein Dolmetscher, der zwischen der wohlklingenden Phrase und der unbarmherzigen Wahrheit übersetzen muss. Diese Sprüche sind wie digital bearbeitete Fotos: Sie sehen gut aus, aber die Realität dahinter ist oft eine ganz andere. Es ist an der Zeit, ein paar dieser "Weisheiten" genüsslich zuleuchzuschauen und zu sehen, was wirklich dahintersteckt.

"Kalorien sind die kleinen Tierchen im Kleiderschrank, die nachts die Kleider enger nähen."

Dieser Klassiker ist ja mein absoluter Liebling! Wenn man mal wieder feststellt, dass die Lieblingshose kneift, obwohl man doch so wenig gegessen hat – und zack! – schon ist die Ausrede parat. Es waren nicht die drei Stücke Sahnetorte und die Chipstüte, nein, es waren die heimtückischen Kalorien-Tierchen, die sich nachts im Kleiderschrank an der Naht zu schaffen machen. Ein genialer Gedanke, um das eigene Gewissen zu beruhigen und die Verantwortung auf winzige, unsichtbare Ungeheuer abzuwälzen.

Ich muss ja gestehen, als ich diesen Spruch das erste Mal hörte, musste ich schmunzeln. Aber dann dachte ich mir: Wie praktisch wäre das denn? Nie wieder Diät, nie wieder Sport! Einfach ein paar Insektenspray in den Kleiderschrank sprühen, und schon passt alles wieder. Die Realität ist leider weit weniger charmant. Die kleinen Tierchen, die unsere Kleidung enger nähen, sitzen meistens vor dem Fernseher und knabbern an etwas, das viel zu lecker war, um es nicht zu essen. Dieser Spruch gibt uns die trügerische Sicherheit, dass wir Opfer einer äußeren Macht sind und nicht unserer eigenen Essgewohnheiten. Das ist wie der Glaube, dass der Zahnarzt für Karies verantwortlich ist und nicht die Schokolade. Praktisch, aber leider falsch.

"Das bisschen Sport gleicht die ganze Schokolade wieder aus."

Ah, der berühmte Ausgleichssportler-Spruch! Man hat sich gerade eine ganze Tafel Schokolade reingezogen, vielleicht noch eine Tüte Gummibärchen hinterher, und schon kommt der innere Diät-Teufel und nagt am Gewissen. Aber halt! Eine schnelle Runde Joggen, ein paar Sit-ups, und schon ist das alles wieder verbrannt, nicht wahr? So wird uns das zumindest gerne eingeredet.

Erhabener Leser, die Mathematik des Kalorienverbrauchs ist leider grausam unromantisch. Eine halbe Stunde strammes Joggen verbrennt vielleicht so viel Kalorien wie ein Rippchen Schokolade. Aber nicht die ganze! Und erst recht nicht die Gummibärchen. Man müsste wahrscheinlich einen Marathon laufen, um die Kalorien eines üppigen Sonntagsessens zu verbrennen. Dieser Spruch gaukelt uns vor, dass man sich alles erlauben kann, solange man danach ein Alibi-Training absolviert. Man tauscht Genuss gegen Selbstbetrug und verliert am Ende doppelt: Man hat die Schokolade gegessen und sich gequält, ohne dass es wirklich etwas gebracht hätte. Es ist wie der Versuch, ein brennendes Haus mit einer Sprühflasche zu löschen – die Geste ist da, die Wirkung ist gleich null.

"Ein Glas Rotwein am Abend ist gut fürs Herz!"

Ein Spruch, der sich hartnäckiger hält als jeder Kater nach einer durchzechten Nacht. Der Rotwein-Mythos! Plötzlich ist der gemütliche Tropfen am Abend nicht mehr nur Genuss, sondern eine medizinische Notwendigkeit. Schließlich hat man ja gehört, dass die Franzosen, die so viel Rotwein trinken, so gesunde Herzen haben.

Nun, das mag ja stimmen, dass der eine oder andere Inhaltsstoff im Rotwein positive Effekte haben könnte. Aber die Menge macht das Gift, wie man so schön sagt. Wenn man jeden Abend eine ganze Flasche leert, um sein Herz zu stärken, dann tut man sich damit wahrscheinlich mehr Schlecht als Gutes. Die Leber freut sich weniger, der Schlaf leidet, und der Kater am nächsten Morgen ist definitiv nicht gut fürs Herz – höchstens für den Blutdruck. Dieser Spruch dient uns als Freifahrtschein für den Alkoholkonsum, der unter dem Deckmantel der Gesundheit daherkommt. Man trinkt mit gutem Gewissen, weil man ja etwas Gutes für sich tut, während der Körper insgeheim schon die Notfallpläne auspackt. Es ist wie der Glaube, dass man durch das Zusehen beim Kochen abnimmt. Wunschdenken pur.

"Man lebt nur einmal, also gönn dir was!"

Dieser Spruch ist der Endgegner jeder Diät und jedes guten Vorsatzes. Die ultimative Rechtfertigung für jede Form von Exzess. Man hat sich vorgenommen, gesünder zu leben, aber dann kommt der Geburtstagskuchen, das Grillfest, oder einfach nur ein schlechter Tag. Und zack! Da ist er, der Satz, der alle guten Vorsätze mit einem Schlag zunichte macht: "Man lebt nur einmal, also gönn dir was!"
Lieber Leser, ich bin ja der Letzte, der gegen Genuss und Lebensfreude ist. Ganz im Gegenteil! Aber dieser Spruch wird oft als Alibi für eine Art von Selbstzerstörung genutzt. Man gönnt sich "was", und dann "was", und dann noch ein bisschen "was", bis das "Gönnen" zu einer Dauerschleife wird, die am Ende nicht zu mehr Lebensfreude, sondern zu mehr Kilos, mehr Trägheit und mehr schlechtem Gewissen führt. Man

schiebt die Verantwortung für die eigenen Entscheidungen auf die Endlichkeit des Lebens ab. Die Ironie ist: Wenn man wirklich nur einmal lebt, sollte man dann nicht umso mehr darauf achten, wie man seinen Körper behandelt, damit dieses eine Leben auch möglichst lange und schmerzfrei ist? Es ist wie der Autofahrer, der sagt: "Ich lebe nur einmal, also fahre ich jetzt mit Vollgas gegen die Wand!" Das Ergebnis ist vorhersehbar und nicht besonders erstrebenswert.

"Ich brauch jetzt Nervennahrung!" (als Rechtfertigung für etwas Süßes)

Dieser Spruch ist der heimliche König unter den Ausreden, wenn der Heißhunger auf Schokolade, Kekse oder Gummibärchen zuschlägt. Man hat einen anstrengenden Tag hinter sich, der Chef hat genervt, die Steuererklärung liegt noch auf dem Tisch, und zack! Da ist er, der innere Ruf nach Nervennahrung. Als ob die Nervenzellen selbst kleine Süßigkeitenfabriken wären, die dringend Nachschub brauchen.

Lieber Leser, hast du dich jemals gefragt, was genau deine Nerven brauchen, wenn sie "Nahrung" verlangen? Wahrscheinlich keinen Schokoriegel, der deinen Blutzucker erst in den Himmel schießt und dann abstürzen lässt, sodass du dich noch müder fühlst als vorher. Die Wahrheit ist: Dieser Spruch ist ein genialer Selbstbetrug. Es ist nicht das Nervensystem, das nach Zucker schreit, sondern unser Gehirn, das gelernt hat, Stress mit einer schnellen Dopamin-Dusche aus dem Zuckertopf zu verbinden. Ein kurzfristiger Trost, der langfristig oft mehr Probleme schafft als löst.

Ich sehe das bei uns im Hotel, wenn die Gäste nach einer anstrengenden Wanderung (oder nach einer noch anstrengenderen Diskussionsrunde über Bio-Siegel) mit glasigen Augen vor der Kuchentheke stehen. "Nervennahrung!", raunen sie dann, als wäre es eine medizinische Notwendigkeit, jetzt zwei Stücke Schwarzwälder Kirschtorte zu inhalieren. Dabei wäre eine Tasse Tee und ein Spaziergang an der frischen Luft wahrscheinlich viel effektiver gewesen, um die Nerven wirklich zu beruhigen. Aber nein, der Geist ist schwach, wenn der Kühlschrank lockt. Es ist, als würde man versuchen, ein Feuer mit Benzin zu löschen – kurzfristig gibt es einen hellen Schein, aber am Ende brennt es nur noch schlimmer.

Dieser Spruch gibt uns die moralische Erlaubnis, uns hemmungslos zu überessen, weil wir ja angeblich unter so großem Druck stehen. Man macht sich selbst zum Opfer der Umstände und rechtfertigt damit jeden Zuckerrausch. Die Ironie ist: Die "Nervennahrung" macht die Nerven auf Dauer nicht stärker, sondern oft nur noch zittriger und abhängiger von der nächsten Dosis Zucker.

10 goldene Gesundheitsregeln (die man besser ignorieren sollte)

Lieber Leser, in meinem 2. Leben als Masseur, der schon so manchen gestressten Körper bearbeitet hat, bin ich auf unzählige Ratschläge gestoßen, wie man angeblich ein "gesundes" Leben führt. Diese Ratschläge kommen in allen Formen und Farben: von der flüsternden Empfehlung eines Yogalehrers bis zum schreienden Werbeplakat für das neueste Superfood. Sie sind die ungeschriebenen Gesetze unserer Zeit, die uns einreden wollen, dass es nur einen Weg zum Glück gibt – den, der über den Crosstrainer und den Detox-Saft führt.

Ich habe diese "goldenen Regeln" gesammelt, wie ein Eichhörnchen Nüsse für den Winter – nur dass diese Nüsse oft hohl sind. Es ist an der Zeit, sie genüsslich zu entlarven, denn oft sind sie nichts weiter als gut gemeinte Ratschläge, die in der Praxis zu mehr Stress als zu mehr Gesundheit führen. Also, schnapp dir einen Tee (oder einen Kaffee, ich verurteile hier niemanden!) und lass uns einen Blick auf die Dekalog des Gesundheitswahnsinns werfen.

Regel 1:
Dein Tag beginnt um 5 Uhr morgens – mit Meditation und Sport, bevor der Rest der Welt aufwacht.

Die goldene Regel besagt: Wer früh aufsteht und seine Morgenroutine durchzieht, hat den Tag gewonnen! Meditation klärt den Geist, Sport weckt den Körper. Perfekt inszenierte Influencer zeigen dir, wie das geht: Sonnenaufgang, Yogamatte, und der Duft von Erfolg in der Nase.
Volkmars nüchterne Realität: Um 5 Uhr morgens ist es im Bayerischen Wald noch dunkel, kalt und oft neblig. Mein Körper ist um diese Zeit noch im Tiefschlaf und mein Geist träumt von einem weiteren Kissen. Wer um diese Uhrzeit freiwillig aufsteht, um sich zu quälen, hat entweder eine unglaubliche Selbstbeherrschung oder eine ernsthafte Schlafstörung. Oft ist das Ergebnis nicht mehr Energie, sondern ein chronischer Schlafmangel, der dich den ganzen Tag wie einen Zombie umherwandeln lässt. Und Meditation? Um 5 Uhr morgens ist mein einziger Gedanke: "Kaffee. Jetzt. Und zwar viel."

Regel 2:
Zähle jede Kalorie und wiege jedes Gramm – denn nur so hast du Kontrolle über deinen Körper.

Die goldene Regel besagt: Tracking ist alles! Nur wer akribisch Buch über jede zugeführte Kalorie und jedes Gramm Protein führt, kann sein optimales Gewicht erreichen und halten. Dein

Smartphone ist dein bester Freund und dein strengster Kontrolleur.

Volkmars nüchterne Realität: Das ist keine Kontrolle, das ist digitale Zwangsstörung. Man wird zum Sklaven einer App, die mehr Zeit und Nerven kostet als die Mahlzeit selbst. Das Leben wird zu einem endlosen Rechenexempel, bei dem die Freude am Essen komplett auf der Strecke bleibt. Und wenn du mal einen Keks zu viel gegessen hast, plagt dich das schlechte Gewissen, als hättest du ein Kapitalverbrechen begangen. Früher haben wir gegessen, um satt zu werden. Heute essen wir, um Zahlen auf einem Bildschirm zu optimieren. Was für ein trauriges Schicksal für ein Wiener Schnitzel!

Regel 3:
Iss nur "clean", "vegan", "glutenfrei" und "zuckerfrei" – alles andere ist Gift für deinen Tempel.

Die goldene Regel besagt: Dein Körper ist ein Tempel, und du musst ihn rein halten! Verbanne alles, was nicht unter die Kategorie "clean", "vegan", "glutenfrei" oder "zuckerfrei" fällt. Industriell verarbeitete Lebensmittel sind der Teufel höchstpersönlich.

Volkmars nüchterne Realität: Mein lieber Freund, wenn mein Körper ein Tempel wäre, dann wäre er wahrscheinlich eine alte, gemütliche bayerische Kirche, in der auch mal ein bisschen Weihrauch und ein gutes Bier erlaubt sind. Dieser Dogmatismus macht das Essen zu einer ständigen Quelle der

Angst und des Verzichts. Man wird zum sozialen Außenseiter, weil man auf keiner Party mehr etwas essen kann, ohne ein Grundsatzreferat über die Inhaltsstoffe zu halten. Und am Ende? Isst man trockenes Reisgebäck und träumt heimlich von einer Butterbrezn. Der größte Luxus ist heute nicht das teure Steak, sondern die Freiheit, einfach mal das zu essen, worauf man Lust hat, ohne sich dabei schuldig zu fühlen.

Regel 4:
Trainiere bis zur Erschöpfung – denn nur der Schmerz zählt als Fortschritt.

Die goldene Regel besagt: "No pain, no gain!" Nur wenn deine Muskeln brennen und du dich am nächsten Tag kaum bewegen kannst, hast du wirklich etwas geleistet. Geh an deine Grenzen und darüber hinaus – jeden Tag!
Volkmars nüchterne Realität: Wer sich jeden Tag bis zur Erschöpfung quält, wird nicht gesünder, sondern kranker. Oder zumindest sehr, sehr genervt. Dein Körper ist keine Maschine, die man ohne Unterlass auf Hochtouren laufen lassen kann, ohne dass irgendwann die Sicherungen durchbrennen. Er braucht Regeneration, Ruhe und auch mal einen Tag auf dem Sofa, ohne dass du dich dabei fühlst, als würdest du deine Lebenszeit verschwenden. Schmerz ist kein Freund, sondern ein Warnsignal, das dir sagt: "Volkmar, leg mal die Hantel weg und gönn dir ein Nickerchen!"

Regel 5:
Vergleiche dich ständig mit den perfekten Körpern in den sozialen Medien – sie sind dein Maßstab.

Die goldene Regel besagt: Schau dir an, wie die anderen aussehen! Diese Influencer mit ihren definierten Bäuchen und makellosen Gesichtern sind der Beweis, dass Perfektion möglich ist. Lass dich inspirieren und arbeite hart, um so zu werden wie sie!

Volkmars nüchterne Realität: Wenn du dich ständig mit retuschierten Bildern und inszenierten Leben vergleichst, landest du nicht im Fitnessstudio, sondern auf der Couch des Therapeuten. Diese "perfekten Körper" existieren in den seltensten Fällen außerhalb des Internets. Sie sind das Ergebnis von Filtern, gutem Licht und oft auch von einem gnadenlosen Lebensstil, der für normale Sterbliche nicht erstrebenswert ist. Hör auf, dich mit Fantasiewesen zu vergleichen, und konzentriere dich auf dich selbst. Du bist gut genug, so wie du bist – auch mit ein paar Pfunden zu viel und ohne Sixpack.

Regel 6:
Dein Smartphone ist dein Gesundheits-Guru – folge jeder App und jedem Tracker blind.

Die goldene Regel besagt: Dein Smartphone weiß, was gut für dich ist! Lass dich von Fitness-Trackern motivieren, von Ernährungs-Apps führen und von Meditations-Apps in den

Schlaf wiegen. Die Technik macht dein Leben gesünder und besser.

Volkmars nüchterne Realität: Die Technik macht dein Leben oft komplizierter und stressiger. Wenn dein Smartphone dir ständig sagt, dass du nicht genug Schritte gemacht hast oder dein Puls nicht optimal ist, dann wird es zum Tyrannen am Handgelenk. Man vertraut lieber einer Maschine als dem eigenen Körpergefühl. Das ist wie einen Berg zu besteigen und dabei nur auf die GPS-Anzeige zu starren, statt die Aussicht zu genießen. Man verliert den Blick für die Realität und die Freude am Leben.

Regel 7:
Sei immer positiv und lächle – negative Emotionen sind Gift für deine Gesundheit.

Die goldene Regel besagt: Die Kraft des positiven Denkens wird dich heilen! Lächle alle Sorgen weg, unterdrücke Ärger und Trauer, und alles wird gut. Eine positive Einstellung ist der Schlüssel zu einem langen und gesunden Leben.

Volkmars nüchterne Realität: Wer ständig versucht, negative Gefühle zu unterdrücken, wird nicht glücklicher, sondern explodiert irgendwann wie ein überfüllter Dampfkessel. Es ist menschlich, auch mal traurig, wütend oder frustriert zu sein. Diese Gefühle gehören zum Leben dazu, und sie zu unterdrücken, ist wie der Versuch, eine Grippe mit einem Lächeln zu heilen – es funktioniert einfach nicht. Erlaube dir, Mensch zu sein, mit all deinen Emotionen. Das ist viel gesünder als das ständige Zwangslächeln, das dich nur noch mehr stresst.

Regel 8:
Jedes Wehwehchen muss sofort gegoogelt und mit der schlimmsten Diagnose versehen werden.

Die goldene Regel besagt: Informiere dich umfassend über jedes Symptom! Das Internet ist dein bester Freund und liefert dir sofort die passenden Diagnosen. Wissen ist Macht – und Panikmache ist kostenlos.

Volkmars nüchterne Realität: Das Internet ist eine Quelle unendlichen Halbwissens. Wenn du jedes leichte Ziehen im Zeh sofort googelst, landest du schneller in der Psychiatrie als im Wartezimmer des Arztes. Die meisten Wehwehchen sind harmlos und verschwinden von selbst. Aber die Flut an Horror-Diagnosen im Netz kann dich in den Wahnsinn treiben. Vertraue lieber einem echten Arzt, wenn es wirklich nötig ist, oder noch besser: deinem gesunden Menschenverstand. Ein Kratzen im Hals ist oft nur ein Kratzen im Hals, und nicht die Vorstufe zur Pest.

Regel 9:
Dein soziales Umfeld muss dich in deinen Gesundheitsbemühungen unterstützen – sonst ist es toxisch.

Die goldene Regel besagt: Umgib dich nur mit Gleichgesinnten! Freunde, die dich zum Kuchenessen verführen oder keinen Sport machen wollen, sind "toxisch" und müssen aus deinem Leben verbannt werden. Dein Umfeld muss dich auf deinem Weg zur Perfektion anfeuern. Volkmars nüchterne Realität: Wenn du deine Freunde nach ihren Essgewohnheiten und Sportvorlieben aussuchst, wirst du bald sehr einsam sein. Echte Freundschaft zeichnet sich nicht durch gemeinsame Diätpläne aus, sondern durch Vertrauen, Humor und die Fähigkeit, auch mal über sich selbst zu lachen. Wer sein soziales Umfeld nach "Fitness-Kriterien" bewertet, verliert den Blick für das, was wirklich zählt: menschliche Verbindung. Und mal ganz ehrlich, ein gemeinsames Lachen über einen Schokokuchen ist oft gesünder als ein einsames "clean-eating"-Mahl.

Regel 10:
Strebe nach der perfekten Work-Life-Balance – sonst bist du ein Versager.

Die goldene Regel besagt: Schaffe die perfekte Balance zwischen Job, Familie, Sport, Hobbys, spiritueller Entwicklung und Selbstverwirklichung! Wer das schafft, ist ein Meister des Lebens und hat alles unter Kontrolle.
Volkmars nüchterne Realität: Die Work-Life-Balance ist oft ein Mythos, der uns zusätzlich stresst. Wir hetzen von einem Termin zum nächsten, um alles "unter einen Hut" zu bekommen, und sind am Ende völlig erschöpft. Man versucht, ein perfektes Leben zu führen, das nur in Hochglanzmagazinen und den Köpfen von Lifestyle-Coaches

existiert. Akzeptiere, dass das Leben chaotisch sein kann und dass Perfektion eine Illusion ist. Manchmal ist es die größte Kunst, einfach mal einen Gang runterzuschalten und nicht alles auf einmal schaffen zu wollen. Ein bisschen Unordnung ist oft ein Zeichen von Leben, nicht von Versagen.

Gut gemeinte Ratschläge, die keiner braucht:
Wenn jeder zum Experten wird

Lieber Leser, kaum spricht man über Gesundheit, schon schwillt die Brust des Gegenübers an, die Augen glänzen, und man wird überrollt von einer Flut an gut gemeinten Ratschlägen. Plötzlich ist jeder ein Ernährungswissenschaftler, ein Fitness-Guru oder ein Achtsamkeits-Coach. Man bekommt ungefragt Tipps, wie man leben soll, was man essen soll, wie man atmen soll – als wäre man selbst ein unfähiges Wesen, das ohne fremde Anleitung nicht überleben könnte.

Ich habe in meiner Zeit als Masseur unzählige solcher Ratschläge gehört. Von "Du musst unbedingt diese neue Superfood-Diät ausprobieren!" bis zu "Hast du es schon mit der Power-Meditation um 4 Uhr morgens versucht?" Manchmal fühle ich mich wie ein gallisches Dorf, das gegen die Übermacht der wohlmeinenden Besserwisser ankämpfen muss.

Hier habe ich einige dieser ungebetenen Perlen der Weisheit gesammelt, die einem zwar ein Lächeln ins Gesicht zaubern können (oft aus Verzweiflung), aber in Wahrheit niemand braucht.

"Hör mal auf die Signale deines Körpers!"

Was sie sagen: "Sei achtsam! Dein Körper spricht zu dir. Wenn du dich müde fühlst, brauchst du Schlaf. Wenn du hungrig bist, iss. Das ist intuitive Gesundheit!"

Was sie wirklich meinen (oder was daraus wird): Mein Körper sendet Signale? Ja, klar! Zum Beispiel: "Iss jetzt diese ganze Tüte Chips!" oder "Bleib noch drei Stunden im Bett!" oder "Kauf dir endlich dieses neue Motorrad!" Die Realität ist, dass die "Signale des Körpers" oft die Wünsche unseres Gehirns sind, die uns zum bequemsten oder genussvollsten Weg verleiten. Diesen Ratschlag zu befolgen, führt bei den meisten von uns nicht zu mehr Gesundheit, sondern zu mehr Schokolade und weniger Bewegung, weil die innere Stimme eben nicht immer vernünftig ist.

"Du musst dich einfach nur mehr bewegen!"

Was sie sagen: "Es ist so einfach! Steh auf vom Sofa, geh raus! Jeder Schritt zählt. Ein Spaziergang in der Natur wirkt Wunder!"

Was sie wirklich meinen (oder was daraus wird): Ja, klar. Aber wann? Zwischen Job, Familie, Haushalt, Hobbys, Steuererklärung und dem Versuch, die Wäscheberge zu besiegen, bleibt oft kaum Zeit, um die Treppe zu nehmen, geschweige denn für einen ausgedehnten Spaziergang. Und wenn man es dann doch schafft, joggt ein durchtrainierter Mitmensch an einem vorbei und man fühlt sich, als hätte man gerade einen Marathon mit Steinen im Rucksack absolviert – und hat doch nur einen Kilometer geschafft. Dieser Ratschlag ist der Klassiker, der zwar theoretisch stimmt, in der Praxis aber oft ignoriert wird oder zu schlechtem Gewissen führt, weil man nicht "genug" tut.

"Du musst einfach nur weniger Stress haben!"

Was sie sagen: "Stress ist der größte Killer! Mach weniger, entspann dich mehr. Nimm dir Zeit für dich selbst. Dann wird alles besser!"

Was sie wirklich meinen (oder was daraus wird): Ah, ja, "einfach nur weniger Stress haben!" Als ob Stress eine Schachtel Pralinen wäre, die man einfach weglassen kann. Wie soll das gehen? Job kündigen? Kinder abschieben? Rechnungen ignorieren? Dieser Ratschlag ist so hilfreich wie zu sagen: "Sei einfach glücklich!" Die meisten Menschen wissen, dass Stress schlecht ist, aber die realen Umstände machen es oft unmöglich, ihn einfach "abzuschalten". Am Ende stresst der Ratschlag selbst noch mehr, weil man sich unfähig fühlt, ihn umzusetzen.

"Hast du schon mal darüber nachgedacht, vegan zu werden?"

Was sie sagen: "Es ist das Beste für deine Gesundheit, für die Tiere und für den Planeten! Veganismus ist die Zukunft! Du wirst dich so viel besser fühlen!"

Was sie wirklich meinen (oder was daraus wird): Die Einladung zu einer philosophischen Debatte bei jedem Essen. Man wird zum lebenden Beispiel, das es zu bekehren gilt. Und wenn man es dann versucht, stellt man fest, dass ein Großteil der veganen Ersatzprodukte nach Pappe schmeckt und doppelt so teuer ist wie das Original. Und am Ende des Tages vermisst man die Leberkässemmel so sehr, dass man nachts davon träumt. Dieser Ratschlag ist oft missionarisch und ignoriert die individuellen Vorlieben und Lebensrealitäten der Menschen.

"Iss einfach intuitiv!"

Was sie sagen: "Vergiss Diätpläne und Kalorien! Iss einfach das, worauf dein Körper wirklich Lust hat. Er weiß es am besten!"

Was sie wirklich meinen (oder was daraus wird): Ein Freifahrtschein für Heißhungerattacken und das ungezügelte Essen von allem, was gerade in Reichweite ist. Die "Intuition" vieler Menschen hat sich nämlich über Jahre antrainiert, sich bei Stress oder Langeweile mit Zucker und Fett zu belohnen. Das Ergebnis ist oft nicht "gesunde Balance", sondern ein Auf und Ab von Zuckerspiegel und Stimmung. Und am Ende fragt man sich, warum die Hose immer noch kneift, obwohl man doch so "intuitiv" gegessen hat.

"Du musst unbedingt deine Mitte finden!"

Was sie sagen: "Innere Balance ist alles! Wenn du deine Mitte gefunden hast, strahlst du Ruhe und Gelassenheit aus, und alles fügt sich."

Was sie wirklich meinen (oder was daraus wird): Der Versuch, im Lotussitz so lange still zu sitzen, bis dir die Beine einschlafen und du dich fragst, ob deine "Mitte" vielleicht unter dem dritten Stück Sachertorte von gestern Abend begraben liegt. Oft führt die Suche nach dieser mystischen Mitte nur dazu, dass man sich noch unzentrierter fühlt, weil man scheinbar unfähig ist, dieses hehre Ziel zu erreichen. Und mal ehrlich: Meine Mitte sitzt meistens da, wo mein Massagestuhl steht. Das reicht doch.

"Versuch's doch mal mit Intervallfasten!"

Was sie sagen: "Das ist der neueste Trend! Du isst nur in einem bestimmten Zeitfenster, und dein Körper verbrennt über Nacht Fett. Super für die Zellregeneration und die allgemeine Gesundheit!"

Was sie wirklich meinen (oder was daraus wird): Du quälst dich den halben Tag mit knurrendem Magen, weil die "Essenszeit" erst um 14 Uhr beginnt. Dein Gehirn schaltet in den Überlebensmodus und denkt nur noch an die nächste Mahlzeit. Wenn es dann endlich soweit ist, stopfst du dir alles rein, was du in den letzten 16 Stunden vermisst hast. Das Ergebnis ist oft nicht Gewichtsverlust, sondern Heißhungerattacken und die Erkenntnis, dass der Körper sich nicht so leicht austricksen lässt. Und am Ende des Tages bist du so gereizt, dass dich niemand mehr leiden kann.

"Du musst deine Gedanken positiv lenken!"

Was sie sagen: "Gedanken sind Schöpfer! Visualisiere Erfolg, visualisiere Gesundheit. Wenn du positiv denkst, ziehst du Gutes an und heilst dich selbst!"

Was sie wirklich meinen (oder was daraus wird): Du stehst vor dem Spiegel, versuchst dir einzureden, dass du ein Sixpack hast, obwohl da nur ein Einpack zu sehen ist. Du ignorierst jede negative Emotion, bis sie sich irgendwann einen Weg bahnt und dich mit voller Wucht trifft. Das ist keine positive Lenkung, das ist Selbsttäuschung. Manchmal ist es gesünder, einfach mal zuzugeben, dass man genervt, traurig oder wütend ist, anstatt sich ein künstliches Lächeln aufzuzwingen.

"Trink viel mehr grünen Tee!"

Was sie sagen: "Grüner Tee ist ein Wundermittel! Voller Antioxidantien, gut für den Stoffwechsel, schützt vor Krebs und hält jung. Ein Muss für jeden gesunden Lebensstil!"

Was sie wirklich meinen (oder was daraus wird): Du entwickelst eine leichte Grüntee-Sucht, rennst ständig zur Toilette und wunderst dich, warum du trotzdem noch nicht wie ein japanischer Zen-Meister aussiehst. Während grüner Tee sicherlich nicht schadet, wird er oft als Allheilmittel beworben, das er einfach nicht ist. Und mal ehrlich, manchmal hat man einfach Lust auf einen guten, alten Kaffee.

Checklisten für Gesundheit:
Wenn das Leben zum Abhaken wird (natürlich ironisch)

Lieber Leser, nachdem wir uns durch die Mythen und Sprüche des Gesundheitswahnsinns gekämpft haben, ist es Zeit für das ultimative Werkzeug der Selbstoptimierung: die Checkliste. Denn seien wir ehrlich, wer braucht schon Intuition, gesunden Menschenverstand oder gar Lebensfreude, wenn man einen Stift in der Hand halten und kleine Kästchen abhaken kann? In unserer modernen Welt, wo alles messbar, quantifizierbar und optimierbar sein muss, sind Checklisten die stillen Diktatoren unseres Alltags. Sie geben uns das trügerische Gefühl von Kontrolle und Fortschritt, während wir uns von Punkt zu Punkt hangeln, immer in der Angst, etwas Wichtiges vergessen zu haben, das uns vom ultimativen Glück trennt. Ich habe schon Klienten gesehen, die ihre Morgenroutine abgehakt haben, als wäre es eine lebensrettende Operation. Man fühlt sich wie ein Pilot, der vor jedem Start 500 Punkte überprüfen muss, nur dass hier der "Flug" ins Badezimmer geht.

Ich habe für Dich ein paar dieser überlebenswichtigen Checklisten zusammengestellt, die dir helfen sollen, den Überblick im Dschungel der Gesundheitsvorschriften zu behalten. Aber Vorsicht: Ein falsches Kreuzchen, und schon droht der Zusammenbruch deines gesamten Wohlbefindens!

Die Morgenroutine des perfekten Menschen (zum Abhaken vor dem ersten Kaffee)
Damit du auch ja mit der richtigen Portion Stress in den Tag startest und keine Sekunde ungenutzt bleibt, hier die unverzichtbare **Morgen-Checkliste:**

[ ] Um 5:00 Uhr (oder früher, wenn du wirklich ambitioniert bist) ohne Wecker aufgewacht (freiwillig, versteht sich!).

[ ] Fünf Minuten Dankbarkeits-Meditation im Lotussitz (Beine müssen hinter den Kopf, sonst zählt es nicht!).

[ ] Ein Glas Zitronenwasser mit Himalaya-Salz und Apfelessig (wichtig: das Wasser muss lebendig sein!).

[ ] 108 Sonnengrüße (mit dem richtigen Lächeln, auch wenn die Gelenke knirschen).

[ ] Kalte Dusche für mindestens drei Minuten (schreien ist erlaubt, aber nur innerlich).

[ ] Journaling: Die drei wichtigsten Ziele des Tages und drei Gründe für deine Existenz notiert.

[ ] Superfood-Smoothie aus Grünkohl, Chiasamen, Spirulina, Maca und dem Atem der Einhörner zubereitet (und natürlich getrunken!).

[ ] Den Fitness-Tracker überprüft: Sind schon 1.000 Schritte im Schlaf gesammelt worden?

[ ] Ein perfektes Morgen-Selfie mit strahlendem Gesicht und ohne Filter gepostet (oder doch ein kleiner Filter? Egal, Hauptsache, es sieht authentisch aus!).

[ ] Die Nachrichten gecheckt, um zu wissen, wofür du dich heute wieder schämen musst (Klimawandel, Welthunger, etc.).

[ ] Und dann: Endlich aufgestanden, um den eigentlichen Tag zu beginnen – müde, aber achtsam!

Die perfekte Mahlzeit: Eine Checkliste für den Angst-freien Genuss (haha!)
Du willst essen, ohne dich dabei schuldig zu fühlen? Dann halte dich an diese bewährte **Checkliste für jede Mahlzeit:**

[ ] Jede Zutat auf ihre Bio-Zertifizierung und ethische Herkunft überprüft (Stichwort: Glückliche Kichererbsen!).

[ ] Die Makros (Proteine, Kohlenhydrate, Fette) für das optimale Verhältnis berechnet (und dann noch mal, nur zur Sicherheit!).

[ ] Sichergestellt, dass die Mahlzeit glutenfrei, laktosefrei, zuckerfrei und frei von bösen Gedanken ist.

[ ] Das Essen achtsam und bewusst gekaut (mindestens 30 Mal pro Bissen, dabei an die Schönheit des Moments denken).

[ ] Während des Essens keinerlei Ablenkungen (kein Handy, kein Fernseher, keine Gespräche über Ungesundes).

[ ] Das Gericht für Instagram perfekt arrangiert und fotografiert (Licht, Winkel, Filter – alles muss stimmen!).

[ ] Nach der Mahlzeit nicht hungrig, aber auch nicht satt gefühlt (das ist die Königsdisziplin der Intuition!).

[ ] Sofort nach dem Essen die Kalorien in die App eingetragen (jede Erbse zählt!).

[ ] Dein inneres Kind gefragt, ob es sich wirklich wohlfühlt (und es hoffentlich angelogen, wenn es nach Schokolade schreit).

[ ] Und dann: Mit gutem Gewissen (oder einem Hauch von Selbstbetrug) zum nächsten Mahlzeit-Terror übergehen.

Die **Work-Life-Balance-Checkliste**: Damit dein Hamsterrad auch ja rund läuft
Wer heute nicht eine perfekte Balance im Leben vorweisen kann, ist ein Versager. Hier die ultimative Checkliste, um dich bis zur Erschöpfung zu balancieren:

[ ] Den Job 150% gegeben (aber natürlich nur bis 17 Uhr, dann ist Life Time!).

[ ] Mindestens zwei Stunden Sport nach der Arbeit (CrossFit, Yoga, Marathon – alles gleichzeitig!).

[ ] Den Kindern eine pädagogisch wertvolle Gute-Nacht-Geschichte erzählt (am besten selbst verfasst und mit moralischer Botschaft).

[ ] Einen Sprachkurs belegt (Chinesisch ist gut fürs Hirn!).

[ ] Mindestens zwei soziale Treffen pro Woche (Networking und Freundschaftspflege, muss aber auch effizient sein!).

[ ] Jeden Abend eine halbe Stunde gelesen (Sachbuch, versteht sich, Romane sind Zeitverschwendung).

[ ] Zehn Minuten meditiert (während der Wartezeit an der roten Ampel, wenn es sein muss).

[ ] Die Nachhaltigkeitsbilanz des Haushalts optimiert (Mülltrennung, Wassersparen, Regenwasser sammeln).

[ ] Und dann: Erschöpft ins Bett fallen – mit dem Gefühl, den Tag perfekt "gemeistert" zu haben, auch wenn du innerlich schreien könntest.

Glossar:

Das kleine ABC des Gesundheitswahnsinns (Ironie inklusive)

Lieber Leser, die Welt der Gesundheit und des Wohlbefindens ist voll von Begriffen, die klingen, als wären sie direkt aus einem Labor für Molekularbiologie oder einem tibetischen Kloster entflohen. Jeder zweite Satz in Lifestyle-Magazinen oder von Influencern strotzt vor Wörtern, die uns entweder einschüchtern oder das Gefühl geben sollen, dass wir ohne sie ein hoffnungsloser Fall sind.

Als dein treuer Masseur aus dem Bayerischen Wald habe ich mir die Mühe gemacht, die wichtigsten dieser Begriffe für dich zu übersetzen. Aber sei gewarnt: Meine Übersetzungen sind nicht immer ganz ernst gemeint. Manchmal muss man die Dinge ja auch beim Namen nennen, selbst wenn dieser Name eher nach einem schlechten Witz klingt. Bereite dich also auf eine Reise durch das Vokabular der Selbsttäuschung vor, wo ein "Detox" selten entgiftet und ein "Superfood" selten super ist.

A wie Achtsamkeit (Mindfulness)

Was der Guru sagt: Die Kunst, im Hier und Jetzt zu leben, den Moment bewusst wahrzunehmen, ohne zu bewerten. Der Weg zur inneren Ruhe und zum Glück.

Was Volkmar meint: Der Versuch, still zu sitzen, während dein Gehirn eine endlose To-do-Liste abarbeitet und du dich gleichzeitig schuldig fühlst, weil du nicht "achtsam genug" bist. Führt oft zu mehr Stress als zu Entspannung, weil man sich die ganze Zeit fragt, ob man es auch richtig macht. Häufig begleitet von der Angst, dass der Nachbar auf der Yogamatte schon die Erleuchtung erlangt hat, während man selbst nur an das Abendessen denkt.

B wie Balance (Work-Life-Balance)
Was der Guru sagt: Das harmonische Gleichgewicht zwischen Arbeit und Privatleben, das dir erlaubt, Karriere zu machen, deine Familie zu pflegen, Sport zu treiben, dich weiterzubilden und dabei immer strahlend auszusehen.
Was Volkmar meint: Eine mythische Kreatur, die so schwer zu fassen ist wie das Einhorn. Der ständige, oft verzweifelte Versuch, zehn Bälle gleichzeitig in der Luft zu halten, der in der Regel damit endet, dass alle Bälle – und du selbst – auf dem Boden landen. Führt meist zu chronischer Erschöpfung und dem Gefühl, ständig zu versagen, weil man nicht alle Boxen auf der imaginären Checkliste abhaken kann.

C wie Clean Eating
Was der Guru sagt: Eine Ernährungsphilosophie, die sich auf unverarbeitete, natürliche Lebensmittel konzentriert, frei von Zucker, Zusatzstoffen und allem, was nicht direkt vom Baum oder aus dem Garten kommt. Reinheit ist der Schlüssel!
Was Volkmar meint: Eine Diät, die dich zum sozialen Außenseiter macht und dich dazu zwingt, jede Zutat auf ihre molekulare Struktur zu überprüfen. Führt zu panischen Blicken auf Restaurantkarten und dem Gefühl, ein Sünder zu

sein, wenn man aus Versehen ein Brötchen mit Weizen erwischt. Endet oft in Heimlichkeiten und dem Verstecken von Schokoladenpapier.

D wie Detox (Entgiftung)

Was der Guru sagt: Eine Kur, um den Körper von schädlichen Toxinen und Schlacken zu befreien, die sich durch ungesunde Ernährung und Lebensweise angesammelt haben. Für einen reinen Körper und klaren Geist!

Was Volkmar meint: Ein teures Unterfangen, das deinen Körper von nichts reinigt, was Leber und Nieren nicht sowieso schon erledigen. Führt in erster Linie zu einem leeren Portemonnaie, schlechter Laune und dem ständigen Traum von einer Leberkässemmel. Die "Schlacken" existieren meist nur in der Fantasie derjenigen, die dir etwas verkaufen wollen.

E wie Energie (Neue Energie gewinnen)

Was der Guru sagt: Das Gefühl von Vitalität und Kraft, das du durch Superfoods, Sport und die richtige Morgenroutine erlangst. Du strotzt vor Lebensfreude!

Was Volkmar meint: Ein Zustand, der nach drei Tagen Detox-Saft nur noch ein ferner Traum ist. Wird meist versprochen, aber selten geliefert, besonders wenn man sich dafür bis zur Erschöpfung verausgabt. Am Ende hat man höchstens noch Energie, um das Sofa zu erreichen.

F wie Functional Training

Was der Guru sagt: Eine Trainingsmethode, die sich auf alltagsrelevante Bewegungen konzentriert und den Körper als Ganzes stärkt, anstatt einzelne Muskeln zu isolieren. Für maximale Leistung im Leben!

Was Volkmar meint: Reifen schleppen, Seile klettern und Gewichte schmeißen, bis man sich fühlt wie ein Lastesel auf Doping. Führt oft zu schmerzhaften Erinnerungen an Turnstunden in der Schule und im schlimmsten Fall zu handfesten Verletzungen, die dich direkt auf meinen Massagetisch befördern.

G wie Gainz (Gains)

Was der Guru sagt: Die sichtbaren Zuwächse an Muskelmasse und Kraft, die du durch hartes Training erzielst. Das ist der Beweis für deinen Fortschritt und deine Disziplin!

Was Volkmar meint: Die unerschütterliche Motivation, die dich ins Fitnessstudio treibt, auch wenn dein Körper nach Gnade fleht. Führt oft zu einem übersteigerten Spiegelbild-Fetischismus und der ständigen Suche nach dem perfekten Selfie, das deinen "Erfolg" der Welt präsentiert. Manchmal endet es auch mit einem Muskelkater, der sich anfühlt, als hätte man gegen einen Lastwagen gekämpft.

H wie Heilpraktiker (oder alternative Heiler)

Was der Guru sagt: Ein Mensch mit tiefem Wissen über natürliche Heilmethoden, der dir hilft, die Ursachen deiner

Beschwerden zu finden und deinen Körper auf sanfte Weise wieder in Einklang zu bringen.

Was Volkmar meint: Jemand, der dir für viel Geld erklärt, dass du zu viele Elektrosmog-Partikel in deiner Aura hast oder deine Darmflora von einem bösen Geist besessen ist. Verordnet oft homöopathische Mittel, die so viel Wirkung haben wie ein Regentropfen auf einen brennenden Wald. Manchmal ganz nett für ein Gespräch, wenn man niemanden hat, der einem zuhört.

I wie Intuitive Ernährung

Was der Guru sagt: Eine Ernährungsweise, bei der du auf die natürlichen Signale deines Körpers hörst und nur isst, wenn du hungrig bist, und aufhörst, wenn du satt bist. Völlige Freiheit ohne Regeln!

Was Volkmar meint: Eine hochkomplexe Denksportaufgabe für Menschen, deren Intuition meist nach Schokolade und Pizza schreit. Führt oft zu Verwirrung und dem Gefühl, dass der eigene Körper ein rebellisches Kind ist, das man nicht unter Kontrolle bekommt. Endet meist mit dem Satz: "Ich habe zu viel auf meinen Körper gehört."

J wie Journaling

Was der Guru sagt: Das tägliche Aufschreiben deiner Gedanken, Gefühle und Ziele, um Klarheit zu gewinnen, Stress abzubauen und dich persönlich weiterzuentwickeln.

Was Volkmar meint: Eine weitere Aufgabe auf deiner ohnehin schon viel zu langen To-do-Liste. Führt oft dazu, dass du dich noch gestresster fühlst, weil du nicht weißt, was du schreiben sollst, oder dass du dir beim Aufschreiben deines Stresses noch mehr Stress machst. Manchmal auch ein Alibi, um nicht wirklich über seine Probleme nachzudenken, sondern sie nur zu Papier zu bringen.

K wie Kalorien (Calories)

Was der Guru sagt: Die Maßeinheit für Energie in Lebensmitteln. Dein größter Feind, wenn du abnehmen willst. Jede einzelne muss akribisch gezählt und verbrannt werden, sonst droht der Untergang deiner Bikini-Figur.

Was Volkmar meint: Die unsichtbaren Tierchen, die nachts die Kleidung enger nähen. Eine Zahl, die uns von der Freude am Essen abhält und das Leben zu einem endlosen Rechenexempel macht. Führt dazu, dass wir uns schuldig fühlen, wenn wir aus Versehen einen zusätzlichen Krümel Brot essen. Die einzige Konstante ist: Sie sind immer zu viele!

L wie Low Carb

Was der Guru sagt: Eine Ernährungsform, die den Verzehr von Kohlenhydraten stark reduziert, um den Körper in die Fettverbrennung zu zwingen und den Blutzuckerspiegel stabil zu halten. Der Weg zu dauerhaftem Gewichtsverlust und mehr Energie!

Was Volkmar meint: Eine Essweise, bei der man auf alles Leckere verzichten muss, was mit Mehl oder Zucker zu tun hat. Führt zu chronischer Brot- und Nudel-Sehnsucht, einem Mundgeruch, der selbst Vampire vertreibt, und dem Gefühl, bei jeder Geburtstagsfeier der Spielverderber zu sein. Die einzige Kohlenhydrat-Quelle, die noch erlaubt ist, sind die Tränen, die man weint.

M wie Makros (Makronährstoffe)
Was der Guru sagt: Die drei Hauptbestandteile der Nahrung: Proteine, Kohlenhydrate und Fette. Die richtige Balance davon ist entscheidend für den Muskelaufbau, die Energieversorgung und die allgemeine Gesundheit. Du musst sie tracken!
Was Volkmar meint: Eine komplizierte Wissenschaft, die das Essen zu einem Chemie-Experiment macht. Man verbringt mehr Zeit damit, die Zusammensetzung der Nahrung zu analysieren, als sie zu genießen. Führt dazu, dass man den Nährwert eines Brokkolis genauer kennt als den Namen des Nachbarn.

N wie Naturheilkunde
Was der Guru sagt: Ein ganzheitlicher Ansatz, der die Selbstheilungskräfte des Körpers aktiviert und auf natürliche Mittel wie Kräuter, Tees und alternative Therapien setzt, um Krankheiten zu heilen und das Wohlbefinden zu steigern.
Was Volkmar meint: Eine bunte Mischung aus uraltem Wissen und teuren Placebos. Führt dazu, dass man sich von Wurzeln und Blättern ernährt, die man sich in der Apotheke ein Vermögen kosten lässt, und dabei hofft, dass das Universum einem wohlgesonnen ist. Manchmal hilft es ja wirklich – aber

wahrscheinlich eher, weil man fest daran glaubt und sich dabei eine Tasse Tee gönnt.

O wie Orthorexie

Was der Guru sagt: Ein Begriff, den sie lieber nicht verwenden.
Was Volkmar meint: Eine Essstörung, die sich als "gesunder Lebensstil" tarnt. Wenn der Wunsch nach perfekter Ernährung zur Obsession wird und das Leben nur noch aus der Suche nach dem "saubersten" und "gesündesten" Essen besteht. Führt zu sozialer Isolation und dem Gefühl, ein Versager zu sein, wenn man aus Versehen etwas "Ungesundes" isst. Kurz gesagt: Der Gesundheitswahn, der wirklich krank macht.

P wie Proteine (Eiweiß)

Was der Guru sagt: Die Bausteine des Lebens und der Muskeln! Du musst genug davon zu dir nehmen, besonders wenn du trainierst, sonst schrumpfen deine Muskeln dahin und du wirst schwach. Am besten in Pulverform!
Was Volkmar meint: Der heilige Gral der Fitness-Jünger. Führt zu einem übermäßigen Konsum von Eiern, Hähnchenbrust und Shakes, die nach Kreide schmecken. Manchmal auch zu Blähungen, die so gewaltig sind, dass sie ganze Räume entvölkern können. Hauptsache, die "Gainz" stimmen!

Q wie Quinoa

Was der Guru sagt: Das Superfood der Inkas! Ein glutenfreies Pseudogetreide mit hohem Proteingehalt und vielen

Ballaststoffen. Die perfekte Alternative zu Reis und Nudeln für eine gesunde Ernährung.

Was Volkmar meint: Kleine, runde Körnchen, die nach nichts schmecken, aber einen unverschämten Preis haben, weil sie aus den Anden importiert werden. Führt dazu, dass man sich beim Essen immer an die ferne, mystische Herkunft erinnert und sich dabei ein bisschen spiritueller fühlt. Oder man fragt sich einfach, warum man nicht einfach eine Kartoffel gegessen hat.

R wie Regeneration

Was der Guru sagt: Die wichtige Phase der Erholung nach dem Training, in der sich die Muskeln reparieren und wachsen. Entscheidend für den Fortschritt und die Vermeidung von Verletzungen.

Was Volkmar meint: Eine selten genutzte Ausrede, um mal einen Tag auf dem Sofa zu verbringen, ohne sich schuldig zu fühlen. Wird oft durch exzessives Googeln der neuesten "Regenerations-Hacks" oder durch den Kauf von teuren Faszienrollen ersetzt, die mehr wehtun als sie helfen. Am Ende ist man erschöpft vom Versuch, sich perfekt zu regenerieren.

S wie Superfood

Was der Guru sagt: Besonders nährstoffreiche Lebensmittel, oft exotisch und teuer, die angeblich wundersame Kräfte besitzen, um Krankheiten vorzubeugen, die Jugend zu erhalten und die Vitalität zu steigern.

Was Volkmar meint: Überteuerte Beeren, Algen und Samen, die um die halbe Welt geflogen werden, während der Apfel vom Bauern nebenan ein trauriges Dasein fristet. Führt zu der Illusion, man tue etwas Außergewöhnliches für seine Gesundheit, obwohl eine Handvoll Blaubeeren den gleichen Effekt hätte. Das Marketing ist oft "super", der Effekt eher "normal".

T wie Tracker (Fitness-Tracker)

Was der Guru sagt: Dein persönlicher Gesundheits-Coach am Handgelenk! Misst Schritte, Kalorienverbrauch, Herzfrequenz und Schlafqualität. Motiviert dich zu Höchstleistungen und gibt dir volle Kontrolle über deine Gesundheit.

Was Volkmar meint: Dein persönlicher Überwacher, der dich ständig daran erinnert, dass du nicht genug getan hast. Führt zu einem schlechten Gewissen, wenn du mal einen Tag faulenzt, und zur heimlichen Angewohnheit, den Arm zu schütteln, um ein paar Extra-Schritte zu "ergaunern". Macht aus dem Leben eine endlose Abhak-Liste.

U wie Ursachenforschung

Was der Guru sagt: Anstatt Symptome zu bekämpfen, gilt es, die wahren Ursachen von Krankheiten und Beschwerden zu finden. Oft liegen diese in der Psyche, der Ernährung oder vererbten Traumata.

Was Volkmar meint: Ein kostspieliger Marathon durch Arztpraxen und Heilpraktiker-Büros, bei dem man am Ende oft mit der Erkenntnis nach Hause geht, dass man einfach nur zu viel Stress hat. Führt dazu, dass man sich mehr Gedanken über die tiefsitzenden Gründe für seine Kopfschmerzen macht, als einfach eine Tablette zu nehmen. Manchmal ist die Ursache einfach nur: Man ist müde.

V wie Vegan

Was der Guru sagt: Eine Ernährungsweise, die komplett auf tierische Produkte verzichtet, aus ethischen, gesundheitlichen oder ökologischen Gründen. Der einzig wahre Weg zu einem reinen Gewissen und einem gesunden Planeten!

Was Volkmar meint: Eine Lebensphilosophie, die das Potenzial hat, jede Essenseinladung in eine logistische Herausforderung zu verwandeln. Führt dazu, dass man bei Familienfeiern entweder mit einem selbst mitgebrachten Tofusteak oder mit hungrigen Blicken auf den Braten dasitzt. Manchmal auch zu einer moralischen Überlegenheit, die man gerne ungefragt kundtut.

W wie Wellness

Was der Guru sagt: Ein ganzheitliches Konzept für körperliches, geistiges und seelisches Wohlbefinden. Von Yoga über Massagen bis zur gesunden Ernährung – alles, was dich entspannt und stärkt.

Was Volkmar meint: Der Ort, an dem ich arbeite und täglich den Wahnsinn hautnah erlebe. Oft ein teures Vergnügen, das am Ende mehr Stress als Entspannung bringt, weil man sich gezwungen fühlt, jede einzelne Wellness-Anwendung mitzunehmen, um das Maximum aus dem Aufenthalt herauszuholen. Manchmal auch der Vorwand, sich für teures Geld im Schlamm zu suhlen.

Y wie Yoga

Was der Guru sagt: Eine jahrtausendealte Praxis aus Indien, die Körper, Geist und Seele durch Asanas (Körperhaltungen), Atemübungen und Meditation in Einklang bringt. Für Flexibilität, Kraft und innere Ruhe!

Was Volkmar meint: Eine Akrobatikstunde in Designer-Leggings, bei der man versucht, sich in unmögliche Positionen zu verbiegen, während die Yogalehrerin von "Loslassen" spricht. Führt oft zu Vergleichen mit Schlangenmenschen auf Instagram und dem Gefühl, steifer zu sein als ein Brett. Am Ende ist man zwar gedehnt, aber die innere Ruhe bleibt oft auf der Strecke.

Z wie Zuckerfrei

Was der Guru sagt: Der Verzicht auf jeglichen zugesetzten Zucker, um Heißhungerattacken zu vermeiden, den Blutzuckerspiegel stabil zu halten und die Gesundheit zu fördern. Dein Körper wird es dir danken!

Was Volkmar meint: Eine Lebensweise, die Süßigkeiten zu verbotenen Früchten macht und jede Packung Kekse zur potenziellen Sünde erklärt. Führt zu einer permanenten Suche nach "verstecktem Zucker" und der Erkenntnis, dass selbst in Gewürzgurken Zucker sein kann. Man verzichtet auf Genuss und hat am Ende doch das Gefühl, irgendetwas Wichtiges zu verpassen.

Zitatensammlung:
Perlen der Weisheit (und des Wahnsinns)

Lieber Leser, in meiner überschaubaren Karriere als Masseur
habe ich nicht nur unzählige Muskeln entspannt, sondern
auch unzählige Lebensweisheiten gehört. Manchmal waren es
echte Perlen, oft aber auch nur gut gemeinte Ratschläge, die in
der Praxis so viel nützten wie ein Kropf am Hals. Die Welt des
Gesundheits- und Wellnesswahnsinns ist voll von solchen
Sätzen – von Gurus, die uns das Blaue vom Himmel
versprechen, bis zu Hobby-Heilern, die ihre Weisheiten
ungefragt verbreiten.
Ich habe für dich eine kleine Auswahl dieser Zitate gesammelt.
Manche sind Klassiker, manche habe ich so oder ähnlich selbst
gehört. Aber eines haben sie gemeinsam: Sie sollen uns ein
besseres, gesünderes Leben versprechen, während sie uns in
Wahrheit oft nur mehr Stress oder ein schlechtes Gewissen
einreden. Also, lehn dich zurück und genieße die Show – der
Vorhang für die Bühne der Absurditäten hebt sich!

Zitate zum Diät-Wahnsinn

"Das Einzige, was du wirklich verlieren kannst, sind deine Ausreden!"
Volkmars Übersetzung: "Und deine Lebensfreude, deine Lieblingsschokolade und wahrscheinlich auch noch den letzten Nerv, wenn du versuchst, diesen Quatsch umzusetzen."

"Hunger ist nur ein Gefühl, das vergeht."
Volkmars Übersetzung: "Ja, das Gefühl vergeht, aber dann kommt die schlechte Laune, der Kopfschmerz und die Halluzinationen von riesigen Donuts, die dich verfolgen."

"Jede Mahlzeit ist eine Entscheidung für deine Gesundheit."
Volkmars Übersetzung: "Jede Mahlzeit ist eine Entscheidung für dein schlechtes Gewissen, wenn du nicht den perfekten Salat isst, der gerade auf Instagram trendet."

"Iss, um zu leben, nicht lebe, um zu essen!"
Volkmars Übersetzung: "Iss, um dich schuldig zu fühlen, und dann lebe, um dich für das Schuldigfühlen zu bestrafen. Klingt nach Spaß, oder?"

"Dein Körper ist ein Tempel – behandle ihn entsprechend!"
Volkmars Übersetzung: "Dein Körper ist ein Tempel, in dem du aus lauter Angst vor der Sünde nicht einmal mehr eine Kerze anzünden darfst."

Zitate zum Fitness-Wahn

"No pain, no gain!"
Volkmars Übersetzung: "Kein Schmerz, keine
Sehnenscheidenentzündung! Und die nächste Massage bei
Volkmar ist auch schon vorprogrammiert!"

"Schwitzen ist, wenn dein Körper weint."
Volkmars Übersetzung: "Schwitzen ist, wenn dein Körper
verzweifelt versucht, die Giftstoffe auszuspülen, die du dir mit
dem letzten Energy-Drink zugeführt hast, während du auf
Biegen und Brechen versuchst, den Marathon zu schaffen, für
den du nicht trainiert hast."

**"Du hast 24 Stunden am Tag. Nutze sie, um die beste Version
von dir selbst zu werden!"**
Volkmars Übersetzung: "Du hast 24 Stunden am Tag. Nutze
sie, um zu arbeiten, zu schlafen, zu essen, dich zu erholen,
dich um deine Familie zu kümmern – und wenn dann noch 3
Minuten übrig sind, kannst du über die 'beste Version'
nachdenken."

"Der einzige schlechte Workout ist der, der nicht stattfindet."
Volkmars Übersetzung: "Der einzige schlechte Workout ist der,
bei dem du dir einen Muskelfaserriss holst oder so sehr
übertreibst, dass du am nächsten Tag nicht mehr gehen
kannst."
"Fitness ist eine Reise, kein Ziel."

Volkmars Übersetzung: "Fitness ist eine Reise, auf der du ständig von Influencern mit perfekten Körpern und teurer Sportkleidung überholt wirst, während du dich fragst, warum du eigentlich losgelaufen bist."

Zitate zum Achtsamkeits-Albtraum

"Atme ein, atme aus. Spüre den Moment."
Volkmars Übersetzung: "Atme ein, atme aus. Und versuch
dabei bloß nicht, an die unerledigten E-Mails, die
Steuererklärung und das knurrende Eichhörnchen in deinem
Kopf zu denken, das Nüsse verstecken will."

"Finde deine innere Mitte."
Volkmars Übersetzung: "Finde deine innere Mitte – aber nur,
wenn sie nicht zu weit links oder rechts von dem liegt, was die
Yoga-Anleitung auf Instagram als 'perfekt' deklariert hat."

"Sei dankbar für die kleinen Dinge im Leben."
Volkmars Übersetzung: "Sei dankbar für die kleinen Dinge,
auch wenn du heimlich von der großen Portion Pommes mit
Mayo träumst, die du dir aber wegen deines Achtsamkeits-
Gurus verbietest."

**"Lass deine Gedanken wie Wolken am Himmel
vorbeiziehen."**
Volkmars Übersetzung: "Lass deine Gedanken wie Wolken am
Himmel vorbeiziehen – solange es keine Gewitterwolken sind,
die dich an deine unerledigten Pflichten erinnern, denn die
sind nicht 'achtsamsch'."

"Die wahre Freiheit ist die Freiheit von Anhaftung."
Volkmars Übersetzung: "Die wahre Freiheit ist die Freiheit von deinem Fitness-Tracker, deinem Diätplan und dem ständigen Druck, dich selbst zu optimieren."

Zitate zur sozialen Falle der Gesundheit

"Was isst du denn so?"
Volkmars Übersetzung: "Ich möchte jetzt genau wissen, ob du dich an die Regeln hältst oder ob du ein heimlicher Sünder bist, damit ich mich moralisch überlegen fühlen kann."

"Du siehst aber gut aus! Hast du abgenommen?"
Volkmars Übersetzung: "Ich habe bemerkt, dass du dem Schönheitsideal näherkommst, und das muss ich jetzt kommentieren, damit du weißt, dass du unter Beobachtung stehst."

"Ich könnte ohne meinen Morgen-Smoothie gar nicht leben!"
Volkmars Übersetzung: "Ich habe viel Geld für diesen Mixer und diese obskuren Zutaten ausgegeben, und das muss jetzt jeder wissen, damit mein Investment nicht umsonst war."

"Ich bin so froh, dass ich meine toxischen Freunde losgeworden bin, die nicht gesund leben wollten."
Volkmars Übersetzung: "Ich bin jetzt so besessen von meinem gesunden Lebensstil, dass ich niemanden mehr ertragen kann, der nicht genauso verrückt ist wie ich."

"Mein Körper ist meine Visitenkarte."
Volkmars Übersetzung: "Mein Körper ist mein einziges
Statussymbol, und ich werde alles tun, um ihn perfekt
aussehen zu lassen, egal, wie unglücklich ich dabei werde."

Fazit:
Die gesunde Mitte finden (oder es zumindest versuchen)

Lieber Leser, wir haben uns nun gemeinsam durch den Dschungel des modernen Gesundheits- und Wellnesswahnsinns geschlagen. Wir haben Kalorien gezählt, uns im Fitnessstudio verausgabt, uns mit Achtsamkeit gequält und die absurden Phrasen von Influencern und selbsternannten Gurus genüsslich durch den Kakao gezogen. Wir haben Mythen entlarvt, die so alt sind wie die Menschheit selbst, und Checklisten präsentiert, die selbst den gelassensten Menschen in den Wahnsinn treiben würden. Und ich hoffe, du hattest dabei mindestens so viel Spaß wie ich, dein treuer Masseur aus dem Bayerischen Wald.

Was bleibt am Ende dieses humoristischen Feldzugs? Nun, sicherlich nicht die Erkenntnis, dass wir alle ab sofort nur noch auf dem Sofa liegen und Pizza essen sollten. So einfach ist es dann doch nicht. Aber vielleicht die Einsicht, dass die Jagd nach der "perfekten Gesundheit" oft zu mehr Stress und Unglück führt als zu tatsächlichem Wohlbefinden.

Die wahre Kunst des Lebens: Gelassenheit und gesunder Menschenverstand

Ich habe in meiner langen Karriere viele Menschen gesehen, die sich von den Idealen dieser Zeit haben treiben lassen. Menschen, die sich wegen eines Kekses ein schlechtes Gewissen machten, sich für einen Tag ohne Sport schuldig fühlten oder glaubten, ihr Leben sei nur dann perfekt, wenn es auf Instagram nach einem Hochglanzmagazin aussah. Und weißt du, was die meisten von ihnen gemeinsam hatten? Sie waren gestresst. Erschöpft von dem ständigen Kampf gegen sich selbst und gegen ein Ideal, das gar nicht existiert.

Die wahre Kunst des Lebens liegt nicht darin, jede Kalorie zu zählen oder jeden Morgen um fünf Uhr aufzustehen, um sich zu quälen. Sie liegt auch nicht darin, sich von jedem Trend verrückt machen zu lassen oder sich ständig mit anderen zu vergleichen. Die wahre Kunst liegt in der Gelassenheit. Im Vertrauen auf den eigenen Körper und den gesunden Menschenverstand.

Dein Körper ist keine Maschine, die ständig optimiert werden muss. Er ist ein Wunderwerk, das die meisten Dinge ganz von selbst regelt. Er sagt dir, wenn er Durst hat. Er sagt dir, wenn er hungrig ist. Und er sagt dir auch, wenn er einfach mal eine Pause braucht. Hör auf ihn! Und nicht auf die Influencer mit ihren perfekten Smoothies und ihrem künstlichen Lächeln.

Ein Hoch auf die Imperfektion!

Vielleicht ist es an der Zeit, uns von dem Druck der Perfektion zu befreien. Ja, gesunde Ernährung ist wichtig. Und ja, Bewegung ist gut. Aber es muss nicht immer das neueste Superfood sein oder der härteste Marathon. Manchmal ist ein Spaziergang im Wald mit einem guten Freund viel gesünder als das verbissenste Workout. Und ein Stück Kuchen mit Genuss gegessen, ohne schlechtes Gewissen, ist tausendmal besser als jeder Detox-Saft, der einem die Laune verdirbt.

Erlaube Dir, Mensch zu sein. Mit all deinen Ecken und Kanten, mit deinen kleinen Sünden und deinen Momenten der Faulheit. Erlaube dir, auch mal unperfekt zu sein. Denn genau das ist das Leben. Es ist eine bunte Mischung aus Höhen und Tiefen, aus Anstrengung und Entspannung, aus Disziplin und Genuss. Und es muss nicht auf einem Fitness-Tracker abgebildet oder auf Instagram perfekt inszeniert werden. Also, lieber Leser, lieber Volkmar, am Ende dieses Buches möchte ich dir nur einen Rat mit auf den Weg geben: Lebe! Genieße das Essen, das dir schmeckt. Bewege dich, weil es dir guttut und Spaß macht. Gönne dir Ruhe, wenn du sie brauchst. Und lache. Lache viel. Am besten über dich selbst und den ganzen Gesundheits- und Wellnesswahnsinn. Denn Humor ist die beste Medizin, und ein herzhaftes Lachen verbrennt mehr Kalorien als jeder Grünkohl-Smoothie!

Danksagung:
An alle, die mich (unfreiwillig) inspiriert haben

Lieber Leser, ein Buch wie dieses entsteht nicht im luftleeren Raum. Es ist das Produkt zahlloser Beobachtungen, unzähliger Gespräche und manch heimlicher Lachanfälle in meinem Massageraum. Daher gebührt mein tiefster Dank all jenen, die mich auf diesem steinigen, oft absurden, aber stets unterhaltsamen Weg begleitet haben – oder mir unfreiwillig das Material für diese Seiten lieferten.

Zuerst möchte ich mich bei meinen treuen Gästen im Bayerischen Wald bedanken. Ohne Ihre Verspannungen (die oft vom übertriebenen Sport kommen) und Ihre Geschichten (die oft von misslungenen Diäten handeln), hätte ich niemals so viel über die menschliche Natur im Angesicht des Gesundheitswahnsinns gelernt. Sie sind die wahren Helden dieses Buches, auch wenn ihre Namen natürlich – aus Gründen des Datenschutzes und meiner weiteren Berufsausübung – fiktivisiert wurden. Bleiben Sie so, wie Sie sind – Sie halten mich in meinem Job!

Ein ganz besonderes Dankeschön geht an die unzähligen Influencer und selbsternannten Gurus dieser Welt. An jeden, der mir auf Instagram mit strahlendem Lächeln und perfektem Sixpack erklärt hat, wie ich mein Leben "optimieren" kann. An jeden, der mir weismachen wollte, dass ich ohne den neuesten Detox-Tee nicht leben kann. Und ja, auch an die, die um 5 Uhr morgens meditierend den Sonnenaufgang filmen, während ich noch selig schlafe. Ohne

Ihre unermüdliche Arbeit am Hochglanz-Ideal hätte ich niemals so viel Stoff für meine humoristischen Ergüsse gefunden. Ihr übertriebener Ehrgeiz war mein Vergnügen. Danke für die Inspiration – und für die Gewissheit, dass mein Leben auch ohne Filter ganz in Ordnung ist.

Und natürlich, wie könnte ich sie vergessen: Heidi Klum und all die anderen Ikonen, die uns immer wieder aufs Neue daran erinnern, wie "einfach" es doch ist, perfekt auszusehen. Ihre Bilder und Botschaften waren eine stete Quelle der Belustigung und der Anlass, meine eigenen "Problemzonen" mit einem Augenzwinkern zu betrachten. Danke für die humorvollen Realitätschecks, die Sie uns unfreiwillig liefern.

Ein dickes Dankeschön auch an meine Frau Lydia und Freunde, die meine oft zynischen Kommentare zum Zeitgeist geduldig ertragen und mich immer wieder auf den Boden der Tatsachen zurückholen, wenn ich mich im Wahnsinn der Wellness-Welt zu verlieren drohe. Danke, dass ihr mir immer wieder eine normale Mahlzeit serviert, auch wenn ich gerade von "Clean Eating" fabuliere.

Und zu guter Letzt: Mein Dank gilt natürlich auch Ihnen, lieber Leser. Dass Sie dieses Buch in die Hand genommen, sich auf diesen humorvollen Ritt eingelassen und vielleicht sogar das ein oder andere Mal geschmunzelt haben. Ich hoffe, es hat Sie daran erinnert, dass Gesundheit vor allem eines sein sollte: Gelassen. Und dass ein gesundes Lachen oft mehr wert ist als jede noch so teure Detox-Kur.

Bleiben Sie entspannt.

Ihr Volkmar, Masseur aus dem Bayerischen Wald.

Über den Autor: Volkmar Friedrich Relle
– Masseur aus Überzeugung (und Notwendigkeit)

Volkmar, Jahrgang '59 und im Herzen ein waschechter Bayer, verbringt seine Tage damit, die verkrampften Seelen und noch verkrampfteren Muskeln des modernen Menschen zu lockern. Seit einigen Jahren ist er als Masseur und Saunameister im idyllischen Bayerischen Wald tätig – ein Ort, der selbst den hektischsten Manager zur Ruhe bringen sollte, es aber selten tut.

Er hat sie alle gesehen: Die gestressten Manager, die perfektionierten Yogis und die Detox-Müden. Und ja, er hat dabei auch gelernt, dass die Wahrheit oft da beginnt, wo die Hochglanzmagazine enden. Mit seiner Figur, die selbst in den großzügigsten Abteilungen für "Wohlfühlmode" noch als "rustikal" durchgeht, und einem Alter, das ihm eine gesunde Skepsis gegenüber jedem neuen Trend beschert, weiß Volkmar genau, wovon er spricht.

Er ist kein Fitness-Guru, kein Ernährungsexperte und schon gar kein Achtsamkeits-Papst. Er ist einfach nur Volkmar: Ein Mann, der weiß, dass das Leben zu kurz für schlechtes Gewissen und zu kompliziert für dogmatische Regeln ist. Sein Rezept für ein gutes Leben? Ein gesunder Mix aus bayerischer Gemütlichkeit, pragmatischem Humor und der Erkenntnis, dass ein Lachen oft mehr heilt als jede Diät. Er hat selbst jede Mode-Erscheinung überlebt und teilt nun seine gesammelten Erkenntnisse – damit auch Sie sich endlich entspannen können, ohne dabei den letzten Nerv zu verlieren. Und vielleicht, ganz vielleicht, gönnt er sich danach ein Stück Leberkäs.

Mit Genuss.

Aktuelles und Neuerscheinungen unter:

www.vorelle.de

Noch mehr Ironie bei Sport, Gesellschaft und Politik unter:

www.pepironie.de

Instagram: @vorelle_official

Facebook: @vorelle_official

Impressum

Autor: Volkmar Friedrich Relle (alias VORELLE)

Verlag: BoD · Books on Demand GmbH,

Überseering 33, 22297 Hamburg, bod@bod.de

Copyright: Volkmar Friedrich Relle

Alle Rechte vorbehalten

Dies ist ein humoristisches Buch. Ähnlichkeiten mit tatsächlichen Ereignissen, real existierenden Personen oder Institutionen sind rein zufällig und nicht beabsichtigt.

Die Veröffentlichung dieses Buches erfolgt über:

Druck: Libri Plureos GmbH, Friedensallee 273, 22763 Hamburg
ISBN: 978-3-8192-4989-1